La Géante

Laurence Vilaine est née en 1965 et vit à Nantes. Après *Le Silence ne sera qu'un souvenir* et *La Grande Villa* (Gaïa, 2011 et 2016), *La Géante* est son troisième roman.

« Ce roman est né d'une image, venue de nulle part. C'est souvent comme ça que j'écris : je vois une scène et le roman démarre. Pour *La Géante*, j'ai vu une femme dans une pièce, assise dans un fauteuil. Elle a froid, mais rien ne l'atteint. Elle est assise dans la pénombre, les mains écorchées. On devine derrière la fenêtre une montagne. Voilà comment mon roman est né. »

« Une prose sensible et frissonnante. »

L'Obs

« Une véritable intrigue, avec tout ce que le mot suppose de mystification, de suspense et de force émotionnelle. »

Transfuge

« Un éveil des sens, un souffle dans les grands espaces, une tendresse réconfortante, on a le cœur qui s'emballe. »

Ouest France

« Une ode à la vie, la nature et la résilience. »

L'Indépendant

LAURENCE VILAINE

LA GÉANTE

Roman

ÉDITIONS ZULMA
Paris • Veules-les-Roses

Couverture : David Pearson.

Si vous désirez en savoir davantage
sur Zulma ou sur *La Géante*
n'hésitez pas à nous écrire
ou à consulter notre site.
www.zulma.fr

Partir dans les montagnes par une nuit calme et sombre comme l'enfer pour y trouver la folie ou la félicité, c'est peut-être cela, vivre pour quelque chose.

JÓN KALMAN STEFÁNSSON
La Tristesse des anges

Quand elle est arrivée au village, on aurait dit une légende, à cause de son manteau jusqu'aux chevilles et le bord des manches plus loin que les doigts, une légende à cause du brouillard par-dessus, à cause de son bonnet qui ramasse tout, de ses bottines de ville emmaillotées dans des carrés de laine et montées sur des crampons d'un autre siècle – d'où est-ce qu'elle sortait ça ? Quelle sotte, ce n'est pas parce qu'on vient à la montagne qu'il y a de la neige. Le soleil était à deux doigts de tomber derrière la Géante, et on aurait dit qu'elle sortait du soir lui-même, celui de l'hiver avec ses arbres qui craquent, les cris des bêtes qu'on invente et les portes qu'on barre à cause des histoires que les vieux font courir dans les montagnes, les sorcières blanches, les survivantes des cent cascades, le front bleu et du verre à la place des yeux – ça fait des siècles que les enfants ont ça dans leurs cauchemars. Ceux d'aujourd'hui n'ont pas l'air d'y croire très longtemps, mais il y a encore des vieux qui à cause d'elles ne passent pas des nuits bien calmes. Hier encore le grand Joseph est venu chercher mon herbe qui les endort, elles sont deux sœurs qui veulent lui arracher les dents ; il les appelle les démoniaques, Joseph, il se réveille en boule et la main sur la bouche chaque dimanche. Les démoniaques sont condamnées à être vieilles, toujours il se répète, et pour nous punir d'être mortels, elles viennent nous mutiler dans notre sommeil, elles nous dépèceront jusqu'à l'os, tu verras, on sera de la poussière que notre cœur battra encore. Chaque semaine, je prépare un mélange de mélisse et de marjolaine à Joseph, il l'enferme dans sa veste, se signe le front et, tant qu'il peut encore, il repart en courant.

Porcaccia miseria, elle faisait survivante, oui, le brouillard comme un deuxième manteau par-dessus le sien trop grand, mais elle n'avait pas le regard vide comme la vie sans fin. Le sien est droit même dans le soir qui mord – je ne l'avais jamais vue, ni en vrai ni en photo, mais j'ai tout de suite su que c'était elle.

Elle savait qu'il fallait attendre le dégel, c'était écrit noir sur blanc dans la lettre. Ici, l'hiver, on n'enterre pas les morts, on les met dans une bergerie ou dans un fenil, par-dessus le mort de la veille et celui de l'avant-veille, jusqu'à quatre ou cinq comme ça, et chacun dans sa boîte attend les hirondelles. Sans doute qu'elle ne savait pas, la terre qui n'est pas meuble quand bien même la neige a fondu, la rechute des températures malgré les premiers soleils, l'hiver qui part et qui revient et les dernières engelures et les bronchites des beaux jours avec. Sans doute qu'elle ne savait rien de tout ça, et elle n'a apparemment pas cherché à en savoir davantage. Elle aurait pu se renseigner avant de venir, et même avant de monter, s'arrêter à la mairie, demander dans la rue, n'importe quel premier venu de la vallée lui aurait expliqué, mais ça n'aurait rien changé parce qu'une caboche comme ça, ça ne plie pas, ça fait un double nœud à ses lacets et ça tient tête au ciel, ça part sur les routes qu'il tempête ou qu'il grêle. Le printemps n'était plus si loin, elle aurait pu patienter un peu, trois semaines, peut-être même seulement deux, juste laisser passer les saints de glace et le maçon de la vallée serait alors monté faire le nécessaire. En attendant, il se serait sûrement occupé du reste, commander la croix et les fleurs, sans doute des roses, des fausses bien sûr mais de qualité qui résistent à deux hivers, et les rouges qui conservent plus longtemps leur couleur, enfin bon, il aurait fait comme il a l'habitude, le maçon, c'est lui qui s'occupe des affaires funéraires du village, un brave et un droit dans ses bottes qui veut le bonheur pour le monde et le console avec ce qu'il peut. Sauf qu'elle aurait sûrement envoyé valser ses fleurs en plastique contre des vraies qui percent la neige. Quant à la croix, si elle en avait voulu une, c'est sûr, elle l'aurait montée elle-même.

Personne n'aurait pu l'empêcher, la caboche.

Elle a dit non pour la pile jusqu'au printemps.

La femme qui monte a dit non, la mort, ça n'attend pas.

C'est comme ça que je l'ai appelée quand je l'ai aperçue sur la route des dix épingles ; elle l'a montée d'un trait, sans faire de pause. Elle n'attendrait pas les hirondelles non, c'était écrit sur son front. Et dans son allure de légende, *porcaccia miseria,* elle est montée avec une pioche sur l'épaule.

C'est moi qui l'avais prévenue, oui, mais je n'avais pas imaginé une seule seconde qu'elle viendrait. La tête dans son bonnet sans un cheveu dehors, un sac en plastique pour bagage, elle a traversé le village sur ses crampons du dix-neuvième – je n'ai pas bronché derrière ma fenêtre.

République démocratique du Congo
Bukavu, 7 août

Cher Maxim,

En même temps que je t'écris, je veille sur la petite Sifa. Elle est arrivée ce matin au dispensaire et attend son tour pour le bloc opératoire de l'hôpital de Panzi.

Je suis là depuis près de deux semaines et je n'ai pas pris une seule photo, Maxim. Mon appareil reste dans son sac, et j'apprends en imitant, à panser avec des guenilles, à diviser par quatre les doses de morphine. Et j'apprends à sourire à la terreur dans les yeux de Sifa pour lui faire croire que c'était un cauchemar et qu'il est fini.

Oui, je sais, il faut les larmes de Sifa pour que le monde entende, les grands yeux vides de Fatima, d'Abba, de Louisette, de Monifa, il faut des images et des mots pour dire les bourreaux, mais ça ne fait mourir ni les bourreaux ni, derrière eux, les tout-puissants. Et les Sifa meurent en dedans.

Ce soir, Maxim, je ne crois plus en nos combats.

Je veux bien photographier les morts, parce qu'ils n'ont besoin de rien d'autre que d'un coin sous la terre et qu'on se souvienne d'eux, mais je ne peux pas condamner les vivants à une page de journal, une capture d'écran et un tour du monde sur Internet quand leurs yeux implorent et que leur cœur bat.

Je regarde Sifa et je chante une berceuse qui me vient du fond des temps, d'une aïeule peut-être qui vient à la rescousse et dessine le cercle du jardin d'Éden, c'est un rond parfait qui enferme des fleurs aux cent parfums. Le centième est au centre, le plus doux, le plus sucré, celui qui se niche dans le cou des mères. Au centre du jardin est le Nombril de Vénus, l'ombilic qui enferme la vie, ne t'inquiète pas, petite Sifa. Je profite de son demi-sommeil pour lui mentir. Des monstres lui ont labouré le ventre et déchiré les entrailles, et sa vie ne sera que ça, du labour et de la déchirure.

Puisse la Terre entière entendre les aïeules qui fredonnent.

J'ai un peu perdu le fil du temps, je ne sais plus où tu es, à Istanbul, à Sanaa ? Fais attention à toi.

À dans un mois, à la semaine prochaine.

Comme d'habitude, à tout à l'heure.
Je t'embrasse longtemps,

Carmen

P.-S. Mon téléphone est HS. Un infirmier repart demain, je lui remets cette lettre qui prendra le temps, mais nous rapprochera.

Au village, on a la chance d'avoir une chapelle, et on y laisse les morts reposer leur âme, un ou deux jours en été au centre de la nef, là où au solstice, par le vitrail, le soleil vient frapper saint François en plein cœur, puis quelques mois en hiver, au plus tard jusqu'à ce qu'une flaque à ses pieds confirme le dégel. Chacun vient remettre ses disparus aux bons soins du franciscain, on lui offre des fleurs et les cinq dizaines de son chapelet avec le credo en latin quand on s'en souvient, et on espère secrètement qu'avec tout ça, le disparu ne viendra pas nous réveiller bras dessus bras dessous avec la mort, manquerait plus qu'ils deviennent amis – gardez-les, saint François, gardez-les, et que nous, on reste en vie. Puis chacun rentre chez soi un peu consolé, le défunt n'est pas complètement seul puisque François veille. La chapelle mériterait qu'on remplace ses lauses côté ouest, mais en attendant, une toiture un peu percée vaut mieux qu'une couche de paille quand bien même on ne sent plus ses os, sans compter qu'on n'a pas loin pour aller au cimetière, il est à ses pieds.

Quand on arrive par la route, on ne peut pas la manquer, elle est à l'autre bout du village mais en hauteur, juste après la montée Pepe, je la vois depuis ma fenêtre. La femme qui monte a marché droit vers elle sans hésiter, elle l'a trouvée tout de suite malgré le soir qui tombait – sauf qu'elle ne s'attendait pas à ce qu'elle soit fermée à clé.

D'abord elle a doucement toqué, comme si elle rendait visite à quelqu'un, comme si elle était attendue pour le souper, puis elle a collé l'oreille à la porte. Timide, elle a contourné la chapelle en quête d'une autre entrée, une première fois lentement, presque sur la pointe des pieds, puis une deuxième le pas plus long, le sourcil froncé, les doigts à tâtons sur le mur comme si elle cherchait une brèche entre deux pierres, peut-être qu'elle espérait un passage secret. Après deux tours, elle a jeté sa pioche et son sac contre la porte, et les mains libérées, elle a essayé de s'agripper au linteau sous le vitrail pour se hisser, mais même sur la pointe de ses crampons elle n'était pas assez grande pour l'atteindre. Elle a encore refait le tour de la chapelle, plus vite, plus énervée, sans jamais s'en écarter de plus d'un mètre, les yeux dans le soir à vouloir percer le brouillard, en quête d'une âme à portée de main, un chien, un oiseau, elle aurait supplié le vent pour qu'il fasse trembler la porte, s'il vous plaît, à voix basse, puis de plus en plus fort, désespérément, mais elle n'a eu pour réponse que la nuit qui mangeait le soir pour de bon et avec lui tout qui s'en allait, par les cheminées les bûches en fumée, les odeurs de soupe et l'espoir que la porte lâche par une simple secousse de la poignée. Alors à genoux, la bouche contre la serrure, elle a cassé le silence du soir, et a menacé saint François lui-même, ça résonnait sous la nef – ouvrez ou je fracasse la porte ! Et en réponse à l'écho de sa colère, elle s'est jetée contre elle tout entière, les paumes en premier qui ont claqué le bois, fort et plusieurs fois les deux ensemble, jusqu'à ce qu'elle les referme : avec les poings elle a cogné comme on cogne parce qu'on devient fou d'être enfermé.

Les coudes saillants sous le grand manteau laissaient deviner son corps fin en dessous, mais le corps fin ne laissait rien préjuger de sa force. Ses coups ont couru dans tout le village et n'ont épargné aucune maison, jusqu'au pont du Sémite et au-delà de la bergerie des Durero, jusque là-bas les vieux ont levé le sourcil et porté la main à l'oreille. Je mens si je dis que les enfants du village ont arrêté de jouer, que le ciel s'est assombri d'un coup et que seule la Géante n'a pas tremblé. Je mens parce qu'il n'y a presque plus d'enfants au village et il faisait nuit, mais pour ce qui concerne la Géante, je suis prête à jurer qu'elle a frémi sous mes pieds. On n'en serait pas là si, comme d'habitude, Rimbaud était monté à la rivière.

D'habitude, dès les premiers jours du printemps, c'est à peu près l'heure à laquelle il se réveille, aussitôt que la Géante devient noire comme le charbon parce que le soleil se couche dans son dos. Le village se ramasse devant ses dernières flambées de l'hiver, et lui, son petit sac en corde à la ceinture, il va s'asseoir sur la margelle du lavoir, il balance les jambes et, les yeux fermés, il remplit ses poumons du soir qui tombe. Alors il tapote l'eau avec le bout de l'index pour faire des ronds, avec aussi le sourire des bienheureux parce que la neige a commencé à fondre sur le versant des Trois Marie, ce qui dit le temps du coucou et bientôt les poireaux sauvages, les têtards dans les flaques, et le retour du petit-duc. À chaque fin d'hiver pour ne pas le manquer, il monte à la Madeleine et à un jour près il se trompe rarement. Quand alors on entend la cloche, c'est que le petit-duc est revenu avec le printemps dans son bec et Rimbaud redescend en courant, les bras en croix et le sourire grand, il aura rangé ses chaussures sous la cloche et marchera pieds nus jusqu'en novembre. Et chaque soir alors, sur la margelle du lavoir, il l'attend. Au premier appel, il penche la tête et guette le deuxième. Au deuxième, il saute et il part sur le chemin qui monte à la Bendola, chaque jour un peu plus haut au fur et à mesure que fond la neige.

Tiou tiou tiou – c'est comme ça, l'appel du petit-duc.

Tiou tiou tiou. Une flûte toutes les trois secondes.

Au village, on l'appelle encore le p'tit bossu, mon

frère, parce qu'il marche tête baissée, un peu voûté depuis qu'il est enfant, et parce que les gens vous collent des oreilles d'âne dès lors que vous approchez le nez d'un chardon, mais il n'a pas un début de bosse et se tient droit comme un piquet dès que le jour se lève. Si le soir le plie en deux, sur les rives de la Bendola ou dans son lit jusqu'aux chevilles, parfois jusqu'aux genoux, c'est à cause des cailloux qui brillent, les ors des fous qui pendant des siècles ont fait faire aux hommes des kilomètres. L'or fait courir le monde mais le monde se trompe de course, on ne fait pas belle fortune en vidant les rivières, et surtout quand l'or est de la pyrite de fer. Aujourd'hui, à part les quelques enfants qui ressuscitent les survivantes pour jouer à se faire peur, les cailloux qui brillent n'intéressent plus personne et il n'en reste de toute façon plus guère. À part aussi Rimbaud qui cherche et ramasse ceux-là que le monde n'a pas mis dans ses poches, parce qu'à courir, le monde passe à côté de l'essentiel, à côté des discrets, les plus secrets qui scintillent et répondent à la lune, autant dire que lorsqu'elle est pleine Rimbaud remercie les anges. Quand les nuits sont noires, il trace et compte les bâtons jusqu'au premier quartier, puis regarde grossir les croissants, l'impatience le fait parfois sortir avec une lampe de poche, mais avec les années il a l'œil du gecko et ne s'éclaire de rien. Il marche toute la nuit, et à l'aube il s'assoit pour contempler sa récolte, seulement quelques pépites, parfois une bonne dizaine qu'il dispose en rond dans sa paume.

Il les remet ensuite à l'eau une à une et pour s'excuser de les avoir dérangées, avant de repartir il tient compagnie à la rivière qui, de temps en temps, et c'est pour ça le sac à sa ceinture, lui donne quelques pierres en cadeau. Alors bien sûr, ça sourit derrière les fenêtres, on parle du bossu et du chercheur d'or, oui, sans doute un peu plus fou que la moyenne, mon frère, ou simple question d'horloge à l'envers. Il dort le jour et il sort le soir à l'heure des lucioles – en été, elles balisent son chemin, et le reste de l'année il marche avec la mémoire du chemin de l'été.

Et jamais il ne parle à personne.

Jamais une poignée de main et à peine un regard à qui le croise ou lui parle, il n'y a que les pierres et les bêtes qui ont grâce à ses yeux, peut-être parce que, comme lui, les unes n'ont pas de voix et les autres, pas de mots. Quand on le salue, il regarde ailleurs, se réfugie dans un arbre ou se plaque contre la montagne, y colle une oreille, ferme les yeux et l'écoute pendant des heures, sauf quand menace le tonnerre. Les coups dans les sommets, ça le rend blême. Les déclencheurs d'avalanche et les avions, mais aussi les frappes de marteau dans les murs ou les poings dans les portes – il devient fou quand ça cogne. Au premier coup qu'il entend, il lève les épaules le plus haut qu'il peut pour enfouir sa tête entre les deux et ses yeux partent sur le côté, il appuie fort les mains sur ses oreilles et détale en poussant des grognements, en direction de n'importe quoi de creux ou de rond, un tronc, une roche, une conque dans les falaises et il s'y terre jusqu'à ce que le silence revienne – ça remonte à loin ces histoires de coups qui frappent dans sa tête. Mais ce soir-là, quand depuis la margelle du lavoir il a entendu les poings de la femme qui monte contre la porte de la chapelle, il est resté coi. Je l'ai vu de ma fenêtre, il a fait son petit animal en alerte, la bouche qui appelle mais rien qui ne sort, les sourcils levés comme le petit-duc dresse ses aigrettes et les yeux fermés pareil, je l'ai vu lever les mains pour se boucher les oreilles mais, *porcaccia miseria,* il les a arrêtées en chemin. Il est resté quelques secondes aux aguets, a sauté de la margelle, mais il n'a pas dévalé la montagne : il a couru, dégingandé comme toujours quand il court, mais comme une flèche, droit sur la chapelle.

Il aurait pu se faire tabasser, ouvrez ou je fracasse la porte !, au mieux s'en sortir avec un cocard, un saignement de nez ou un crachat en pleine face, et au pire, au pire je préfère ne pas l'imaginer parce qu'elle aurait peut-être fini par lever sa pioche, pauvre femme qui escomptait vaincre une porte que le poids des siècles et de la neige n'avait pas encore ébranlée. Arrivé comme une trombe et tout ramassé, il s'est jeté entre elle et la porte pour faire barrière, et aussitôt il s'est déplié, les mains en haut, le torse géant, le ventre découvert, et lui, qui d'habitude baisse la tête à ce point devant le monde que le monde ne connaît pas ses yeux, il l'a gardée levée – d'un coup le p'tit bossu est devenu très grand et, sans qu'il ne saisisse ses poignets, sans qu'il ne la touche, ce qui a suivi tout autant : la femme qui cogne a cessé net.

Tiou tiou tiou.

Trois secondes, puis trois autres. Rimbaud a penché la tête, les yeux grands comme jamais. Alors elle a baissé la sienne et ramassé les mains dans son manteau. La lune a percé le brouillard poisseux monté jusqu'au ciel et a d'un coup éclairé la chapelle et tout le cimetière.

Tiou tiou tiou.

Pointant du menton la rue en bas, Rimbaud l'a conduite à la Maison froide, par une manche entre trois doigts, comme ça, presque par le bras. Ils ont redescendu la montée Pepe, j'ai entendu ses crampons se rapprocher. Le petit-duc a continué. Pauvre Rimbaud, qu'est-ce qui t'a pris ? C'était une nuit de grosse lune, elle était maintenant complètement dégagée, et il aurait rempli son sac s'il était monté à la Bendola, elle serait repartie et c'était marre, mais il faisait nuit et on ne laisse personne dormir dans le froid, il sait ces choses-là, Rimbaud, et j'aurais fait pareil à sa place. Disons que je lui aurais trouvé un abri et porté une soupe, et elle aurait quitté le village, ni vu ni connu, dès le lever du jour. Le printemps aurait continué de jouer au printemps et la Géante n'aurait soufflé mot à personne.

Lorsqu'ils sont arrivés devant la maison, Rimbaud a hoché la tête plusieurs fois en fixant la poignée, cherchant à lui signifier que cette porte-ci n'était pas verrouillée, et il est retourné à ses affaires. Elle a retiré ses crampons qu'elle a posés sur le tas de bûches et est entrée, son sac serré contre elle. La pioche, elle l'avait laissée à la porte de la chapelle.

Bukavu, 11 août

Monifa n'a pas survécu à l'opération, et une autre jeune fille est morte avant de passer au bloc sans avoir eu le temps de dire son nom.

Aujourd'hui, j'ai photographié les adieux.

Pour elles. Pour Monifa, pour Abba, pour Louisette. Pour qu'on ne les oublie pas. J'ai photographié le chant d'Henriette, le vent qui soulève la poussière et la poussière dans sa gorge, les voix du village avec elle, les autres jeunes filles séparées de leurs sœurs, les mains des hommes qui tassent la terre rouge pour ne pas que tombent les petites croix en planches. Si tu entends une fois la voix d'Henriette, Maxim, plus jamais tu ne marches seul.

Le monde est taché du sang de Sifa, de Louisette, de Monifa.

Leurs ventres déchiquetés que les médecins de Panzi rapiècent sont souillés de la fureur des hommes et de la poussière du coltan.

On est en bonne santé, on tient debout, et on marche pour cracher la violence du monde, mais pour qui on se prend pour croire qu'on y arrivera ? On n'y arrivera pas, on le sait bien, mais on sait aussi, oui, qu'un peu de la misère en moins dans une petite cuiller, c'est déjà ça. Je ne lâcherai pas, bien sûr que je ne lâcherai pas, il faut que le monde entende et voie. Mieux que les armes et les poings, la petite cuiller. On reparlera bientôt de tout ça.

Je ne sais pas si tu es rentré, reparti, dans quel pays, dans quel combat. Il me tarde de retrouver nos messages à pas d'heure, nos baisers toutes les heures, mais j'aime aussi ces lettres qui prennent leur temps.

Et les caresses attendront encore un peu.

Qu'est-ce qu'« un peu » veut dire pour la petite Sifa ? Elle vient d'entrer à l'hôpital et sera la première opérée demain matin. Elle a six ans, Maxim, elle a six ans. La lame d'une arme blanche a fouillé son vagin, les selles et les urines passent par le même canal.

Je suis assise sur un parpaing entre deux baraques, la lune se pose sur un câble qui ne sert qu'à elle.

Tu me manques… un peu.

Ça veut dire, infiniment.

Carmen

Même les oiseaux, elle les a fait taire, à coups de pioche dans le matin, dans la grosse terre âpre du cimetière, avec les cailloux qui écorchent et qui cabossent les pelles, qui font trembler le dos quand on les cogne, pendant deux jours pleins, d'un crépuscule à l'autre, avec une ou deux pauses au robinet, la nuque dessous puis les yeux pour les laver de la terre, ça faisait gouttière au menton, ça coulait au bout des manches. Deux jours comme deux siècles, le village est resté derrière ses fenêtres, et elle, dans son manteau, sous son bonnet, sa pioche comme un troisième bras au bout de ses mains collées au manche, avec un râle à chaque coup, un râle par-dessus l'autre, par-dessus les pierres et les heures pleines à ras bord jusqu'à ce que le jour s'arrête – elle a dispersé les chocards et le coucou a retardé son chant.

Ils sont montés dans les sommets, ses coups dans la caillasse, et les montagnes se sont refilé leurs échos, c'est leur manière de se débarrasser des tourments des humains pour revenir au silence et continuer de vivre des nuits paisibles sous les étoiles, enfin c'est ce qu'on croit, parce que ça ne disparaît jamais ces choses-là, ça tombe dans le fond et un jour ou l'autre, ça remonte avec la débâcle ou les crues, ça fait couler la boue et jamais c'est la paix. Au fond des gorges, les douleurs des femmes et des hommes troublent les eaux claires, des hivers durant les chagrins essaient de remonter à la surface mais ils n'y arrivent jamais – on le sait quand vient l'été, le niveau des eaux baisse et on voit des marques de griffes sur les parois.

Les deux soirs, elle a planté sa pioche comme un bûcheron sa hache là où elle en était, et dans un râle long comme les nuits de janvier, elle a craché dans la terre. Rimbaud, lui, a changé ses habitudes. Le petit-duc a la voix qui porte et on peut l'entendre de bien plus loin que la margelle du lavoir : ces deux soirs-là, il est monté s'asseoir sur la marche de la chapelle, tranquille et patient, comme un veilleur du soir serait chargé de sonner le crépuscule et de s'assurer du bon retour des villageois chez eux, un flambeau ou une lanterne à la main au cas où la nuit les surprendrait.

Rimbaud n'a pas besoin de lanterne, il est ami avec une flûte.

Tiou tiou tiou.

Les deux fois, au signal, la lune a percé le ciel. Et comme si elle aussi le connaissait, *Tiou tiou tiou*, la femme qui monte a essuyé ses mains sur son ventre et quitté le cimetière.

Dans la maison, elle a passé ses nuits dans le fauteuil devant la fenêtre, je la voyais depuis la mienne, face à la Géante, face à la nuit noire, les deux c'est pareil, sans jamais allumer la lumière, la lune lui suffisait, et sans jamais faire de feu – il restait des bûches mais elle n'avait pas de fagot. On aurait dit une vieille derrière son rideau, aurait-elle noué un fichu sous son menton elle aurait été tout aussi vieille que les vieilles. J'ignorais son âge et la couleur de ses cheveux sous son bonnet, elle ne l'enlevait pas et restait dans son manteau, les mains terreuses sur les cuisses, rougies, gonflées, du sang jamais sec aux plis des phalanges, dans la maison elle rapportait le cimetière avec elle, la terre sous les ongles, le froid et le silence des morts – pas une fois elle n'a réessayé d'ouvrir la chapelle. A-t-elle poussé les portes des autres pièces de la maison, je ne sais pas, celle de la cuisine au jardin, oui, pour aller dehors aux toilettes, dans la deuxième partie de la nuit avant que les oiseaux se réveillent, comme si elle voulait être sans eux, sans bruit, sans personne avec le point du jour, la seule et la première. Trois nuits dans le fauteuil, comme une résistante lutte contre le sommeil pour ne pas qu'il la prenne en traître, et le troisième matin, elle a crevé le silence des montagnes avec les derniers coups de pioche, le jour n'était pas encore prêt qu'elle avait pelleté toute la terre.

Puis l'aube a chassé la lune et Rimbaud est descendu de la Bendola. Dès qu'il l'a aperçue par-dessus le mur du cimetière, pliée, haletant et peinant, il a couru comme il avait couru le premier soir à la porte de la chapelle : depuis la Maison froide, c'est un couvre-lit qu'elle tirait, un vieux couvre-lit surpiqué des anciens que les années satinent, et il a prêté ses bras qui ont rendu la tâche moins pénible. Ensemble ils ont tiré, traçant dans la petite allée centrale du cimetière un sillon dans les graviers, chacun une pointe sur l'épaule, le buste à l'oblique et la tête baissée comme des bœufs, et la charrue, c'était un lourd et grand carré de satin grenat. *Dio Madonna,* qu'est-ce qu'elle comptait faire de ça ? Rimbaud la regardait du coin de l'œil, soucieux de bien faire, il attendait un signe, le signal à son tour, qu'à hauteur du trou elle a donné d'un petit coup de tête, lui signifiant de reculer, de se placer à l'autre extrémité comme on s'éloigne pour tendre un drap et le plier. Ensemble alors, à bout de bras, ils ont levé le couvre-lit le plus haut qu'ils ont pu malgré son poids, et à égale distance au-dessus du trou, ils l'ont lâché en même temps.

Jamais la Géante n'a connu de cri de la sorte, jamais dans ses gorges, dans ses bois, dans ses grottes, parmi ses bêtes, jamais de ses milliards d'années d'existence ou bien ce cri peut-être venait-il de là, de ces milliards d'années-là jusqu'à cet instant, un long cri de guerre, celui-là même peut-être qui fait trembler les entrailles de la Terre, se dresser les montagnes et rugir les océans – le cri des hommes contre la mort. Elle avait creusé ce qu'il fallait et il n'y aurait plus qu'à descendre le corps et remettre la terre à sa place. Dans la caillasse, elle s'est jetée à genoux au bord du trou vide, elle n'avait rien que son chagrin à mettre dedans.

Petit sac d'os au pied de la Géante, elle est restée là, plus sauvage qu'une survivante des cent cascades, dans les yeux de l'eau et de la glaise, et partout des tremblements. Sur chaque côté du trou, à quatre pattes, elle a remonté le couvre-lit pour qu'il tapisse les parois, a fait dépasser les bords et y a posé des gros cailloux pour qu'il ne glisse pas. Tout autour elle a alors enlevé une à une les pierres les plus grossières, les pointues qui écorchent, s'est appliquée à ce que rien ne dépasse, ne griffe ni ne blesse, puis comme on apprête un lit, comme on aplanit bien le matelas, elle a balayé la terre avec ses mains, l'a caressée, les deux paumes en même temps, comme peut-être on quitte pour la nuit quelqu'un qu'on aime, avec une main sur le front, un murmure, un baiser dans les cheveux, je ne sais pas, je ne connais ni les mots ni les gestes, et parce qu'aucun cri n'a de poids face à la mort, sous les seuls yeux de Rimbaud terrifié et les miens cachés derrière le cyprès, elle l'a étouffé en enfournant dans sa bouche la dernière poignée de terre – elle l'a mâchée comme si elle mâchait la détresse de la Terre entière.

Personne du village n'est venu au cimetière, pas de croix, pas de prière, sans doute que ça leur avait suffi aux autres les deux jours qui avaient duré deux siècles, cette femme était folle, sans compter que, lui, mort, après tout, ça changerait quoi à leur vie ? On se réhabituerait au vide de la rue des Pyrites, la Maison froide le redeviendrait comme sur le cadastre et dans l'histoire du village, et je n'aurais qu'à ranger ma boîte d'allumettes.

Mais jamais le village n'oubliera.

Les hommes auront beau se taire, la Géante saura le faire savoir aux suivants. Il suffira de se pencher au-dessus des gorges pendant les trois jours qui précèdent les saints de glace, et on entendra le bruit que ça fait, l'amour quand ça se fracasse. On dira, c'est la femme qui crache son âme et ça fera hausser les épaules dans les villages, cette femme était une survivante, un quart de tête, une bête sauvage, et moi je sortirai mon bâton pour les faire taire.

San Pancrazio, Servazio, Bonifazio, priez pour nous pauvres pécheurs – qu'est-ce qui m'a pris, pauvre de moi ? Peut-être que j'aurais dû prévenir Rimbaud, lui expliquer et l'empêcher de courir à la chapelle, il aurait peut-être compris, mais c'était de toute façon trop tard, et jamais je n'avais vu ses yeux aussi grands.

Avant de quitter le cimetière, il s'est approché d'elle, qui n'avait pas bougé, assise sur ses talons, le dos rond, le front posé sur la terre. Les sourcils rejoints, mais soudain le sourire grand, il a ouvert son petit sac en corde, duquel il a sorti un petit or des fous qu'il a posé dans une de ses paumes ouvertes. Il est sorti le premier, laissant derrière lui la grille ouverte, aussi les gonds n'ont pas grincé.

Je la voyais de dos.

Et de son dos tellement triste, j'ai été jalouse, de sa nuque pliée et de sa tête à genoux, de l'amour dont elle avait rempli le trou, du couvre-lit pour la nuit éternelle. Et j'ai eu grand pitié de moi.

Quand elle a remis debout sa pioche, j'ai craint qu'elle retourne à la chapelle pour abattre la porte, mais elle n'a fait que prendre appui sur elle pour se relever. Plus sauvage et plus survivante encore, elle a fait demi-tour en direction de la grille à son tour et a descendu la montée Pepe, la pioche au bout de son bras derrière elle ; à la Maison froide, elle l'a posée contre le mur avant d'entrer. Sans doute s'est-elle rapidement lavé les mains, rincé la bouche et aspergé le visage, elle est ressortie peu de temps après, des gouttières au bord des manches, la peau un peu nette et les lèvres sans terre – son bonnet, son grand manteau, son sac en plastique. Elle a pris soin de bien fermer la porte derrière elle, ouf, le cauchemar enfin s'arrêtait, un semblant de soleil faisait laiteux le village. Sauf qu'elle ne l'a pas traversé en direction de la route des dix épingles par laquelle elle était montée. Elle est partie vers les Lucioles, à l'opposé.

Là où s'arrête le mur du cimetière, Rimbaud était là, mains en cuiller, qui se désaltérait à la petite fontaine en bois. Surpris, mais aussitôt souriant, il s'est essuyé la bouche avec le bras, timide et maladroit, il s'est tortillé en regardant ailleurs, tour à tour le ciel, ses pieds, les crêtes et la Géante, alors il s'est mis à lui parler à sa manière, comme il fait parfois, comme parfois il invente, avec des pierres en les frottant, en faisant l'oiseau avec ses bras, et d'un coup, il lui a saisi les mains, les deux à la fois qu'il a enfermées dans les siennes – lentement il a ensuite déplié ses doigts et s'est appliqué à les compter un à un en les écartant. Si pour la bosse les gens du village se trompent, pour ça ils ont un peu raison : les histoires dans sa tête, personne ne les comprend, mais peut-être que les poètes s'en moquent du moment qu'un morceau de ciel les entend, et Rimbaud en est décidément un grand qui, de sa poche, a sorti une clochette. Il l'a fait tinter à son oreille, et a continué de descendre en dodelinant de la tête comme il accompagne le carillon de la Madeleine à chaque printemps.

La femme qui monte a continué de monter.

J'ai tiré mon rideau, et par-dessus ma blouse, j'ai enfilé ma parka.

I

LA PIERRE DEBOUT

Passé la fontaine, le chemin est facile et droit, que des érables et des trembles accompagnent jusqu'au grand virage. Là, haute comme un humain de moyenne taille, une pierre donne la direction. Qui pose ses mains dessus sentira qu'elle penche – à droite vers la calade, dont les pierres ont la mémoire des sabots des mulets qui claquent comme la langue au palais.

Marcher sans bruit, ce n'est pas le problème, je sais faire, comme je sais marcher longtemps, des heures, des kilomètres, et puis il n'y aurait pas de névés de sitôt, sûrement au col du Piquet, peut-être même à celui de la Bonette, mais elle n'irait sûrement pas si haut. Ce n'est pas non plus la Géante, le problème. Si elle encombre nos vies d'hivers trop longs et brandit des pics qui ne sont pas à notre petite taille d'humain, on sait encore mettre un pied devant l'autre et marcher plus longtemps qu'elle ne croit. Le problème, ce n'est pas non plus le soir, on aura passé le Bois noir bien avant qu'il soit là, et ce n'est pas davantage le Bois noir quand bien même elle s'y perdra. Elle marche depuis une heure, la caboche, le front en avant, droite comme un soldat, et moi derrière comme un pantin à ressort, je pose les pieds en même temps que les siens pour ne pas qu'elle entende mes pas, comme un soldat qui suit un autre soldat, sans capitaine, sans commandement, l'ordre vient du dedans, de sous la peau du ventre comme le coup de poing d'un pas encore né – où est-ce qu'elle va ?

Elle avançait les yeux droits et le pied solide qui va abattre des kilomètres, et plus on avançait, plus c'était le bourbier, dans ma gorge, dans ma poitrine, les dents serrées et les narines fermées, je sais respirer sans bruit, allumer le feu et me brûler sans geindre, la Tante m'a appris, quand tu viens au monde, personne ne compte sur toi, aussi compte sur toi-même et ne dérange pas la montagne.

Je la connais par cœur la Géante, ses bêtes et ses caillasses, ses fougères à moustache et ses fausses gentianes qui donnent la chiasse.

Comme la poche de ma blouse, je la connais.

Comme l'odeur des cendres froides et des matins sans amour.

La Pierre debout, on l'atteint en moins d'une demi-heure en marchant d'un pas tranquille, je connais chaque pierre, chaque racine qui dépasse. La première fois, j'y suis montée seule, harnachée d'une vieille hotte en planches et en courant – « *Sbrigati, sbrigati*, dépêche-toi ! ». Parce que dans la nuit le feu du poêle s'était éteint et que la Tante était à court de petit bois, elle me secouait juste avant l'aube et m'envoyait à la Pierre debout. On avait débarqué chez elle quelques heures plus tôt, ma mère ne tenait plus sur ses jambes, et la maison de la Tante éclairée dans la nuit, c'était le miracle. Elle avait aussitôt ravivé le feu et fait chauffer de l'eau, tiré un vieux matelas de laine de sous son lit, on s'y était serrés tous les trois. « Le chemin des Lucioles, et tout droit, toujours tout droit, allez, *sbrigati, sbrigati,* tu la trouveras, la pierre est debout et plus grande que toi. » À l'aube, j'avais couru sans renâcler et sans non plus interroger mon père, la Tante était la femme du miracle et à elle il fallait obéir, à ses bouts d'italien que je ne comprenais pas, à son bras levé, *andare dritto,* tout droit, et mes jambes s'étaient remises en marche. Quand la vie gronde, les pieds vont plus vite que la tête, disait la Tante, parce que dès l'instant où tu nais, tu cours, sache-le, tu ne cours pas vers la mort, non, c'est elle qui te talonne. Tout droit, et au grand virage, la Pierre debout flanquée du grand chêne. Et à ses pieds, sous un abri coiffé de branchages, elle remisait le bois sec avant de le fagoter et de le descendre pour l'hiver.

Sbrigati, j'avais sept ans et j'ai chargé ma hotte, accroupie, à genoux, les doigts gourds, la peur dans la gorge, pas une seconde à perdre. La montagne sentait l'automne et le cèpe que je ne connaissais pas, et j'entendais des coups dans ma poitrine, et dans mon dos comme des pas. Peut-être des ours, des loups, c'était eux qui approchaient, peut-être la montagne elle-même, ou bien des hommes, des sorciers, des sauvages avec des torches, oui, c'était ça, des torches qui brûlaient le matin, j'avais sept ans et j'allais brûler avec, j'étais seule pour la première fois je crois, et la montagne s'embrasait, j'ai serré les poings, j'ai arrêté de respirer, puis d'un coup sec, j'ai tourné la tête.

Pas de loups.

Non, pas de sorciers, pas de torches.

Seuls mes peurs d'enfant et le soleil qui en se levant mettait le feu au ciel. Il montait de très loin, bien au-delà des montagnes qui se refermaient sur moi, à des heures, peut-être à des jours ou des semaines, mes pieds ne savaient pas compter le temps et les kilomètres. Loin là-bas, le soleil se levait au-dessus de la maison qu'on avait quittée un petit matin pour des raisons que je ne comprenais pas, il avait fallu se lever dans la nuit, emporter dans une seule valise l'essentiel et fermer les armoires, claquer la porte et prendre la mer pour changer de terre, pourtant là-bas, ça sentait si bon, quelque chose du sucre et du lait tiède que le soleil réveille, quelque chose de rêche qui bruisse contre le mur de la maison blanche et se frotte comme un chat. Les bras chargés de petit bois, j'ai respiré le fond du ciel.

Sbrigati, sbrigati. J'ai fourré deux dernières brassées de bois dans la hotte, je ne savais pas à cet instant-là que je grandirais avec, et en même temps, à toute vitesse, j'ai parlé au soleil en le regardant. Je lui ai fait promettre d'être là chaque matin et je lui ai promis que j'y serais, que je reviendrais pour son lever, *sbrigati,* je voulais encore respirer le fond du ciel, j'ai promis, à genoux, promis que je reviendrais, et j'ai remis la hotte sur mon dos, elle m'irritait la peau à travers ma chemise, mon dos poissait. Le chemin du retour, je l'ai dévalé comme un lièvre, les branches brinquebalaient et j'en perdais en chemin, celles que je serrais dans mes bras me griffaient le visage et mes yeux pleuraient à cause du vent ou peut-être à cause de la vie qui m'attendait sans pourtant rien en savoir, sans rien deviner des minutes qui suivraient, car c'était bien une question de minutes, de secondes, je dégringolais la Géante, et bientôt je franchirais le seuil de la maison où il ferait sombre et froid, la Tante se précipiterait sur ma hotte, mais il serait trop tard pour le feu qui la réchaufferait, on ne sait jamais où la vie nous emporte, qui survivra à l'heure qui suit ou y succombera – quand je suis arrivée, ma mère était plus blanche que les lys, elle s'était éteinte sans une braise pour éclairer la nuit qui l'emportait, et Rimbaud naissait sans un cri. La Tante le tenait par les pieds comme un lapin qu'on va dépecer et lui tapait le dos, j'ai vu deux minuscules taupes naissantes et fripées à la place de ses petits poings et le noir complet dans sa gorge, dans sa bouche grande ouverte, mais il n'a rien lâché. Sa voix est restée dans les ténèbres et il est venu au monde sans le dire à personne.

Dio Madonna.

On a enterré notre mère dès le lendemain, avant les premiers gels annoncés, et elle n'a même pas eu droit à saint François. Sans la poigne de la Tante pour rendre sa raison à notre père, on aurait peut-être été orphelins de nos deux parents à la fois – il cognait contre la porte, avec les poings, avec le front et les pieds, et ça courait dans tout le village, ses coups dans les maisons, au-delà du pont du Sémite et jusqu'à la bergerie des Durero, jusque là-bas les vieux ont levé le sourcil et porté la main à l'oreille. La Tante l'a sonné d'une gifle qui l'a assis sur une chaise et a appliqué un emplâtre de consoude sur les contusions de son front.

Au cimetière, nous n'étions que tous les deux avec le prêtre, lui, le front bandé sous un chapeau emprunté par la Tante à un voisin et moi, ma hotte vide sur le dos, hurlant dès qu'elle voulait me l'ôter. Cette femme avait la tête dure et la poigne d'un homme, mais mes yeux dans les siens ce jour-là, je n'ai pas versé une larme et je n'ai pas cédé. Elle avait opiné, je garderais la hotte, et elle était retournée à la décoction de ses herbes, récitant la composition de ses recettes comme on dit son chapelet. La vie venait de m'enlever ma mère, Rimbaud dormait dans un coin. En un jour, la Tante m'a appris à être comme elle.

Je la connais, la Géante, ce n'est pas elle, le problème. Bientôt ses jambes ne la porteraient plus, trop de fatigue et trop de chagrin dedans, et pourtant, au lieu de tomber d'épuisement, elle continuait, le pied de plus en plus sûr, qui donne l'élan, et l'autre n'a pas d'autre choix que de suivre la cadence, comme sans chaussures dans l'eau glacée d'un torrent on ne pose un pied que le temps de lever l'autre. Elle ne trébuchait pas, ne glissait pas, elle faisait ogre toujours, sauvage même sans sa pioche, miraculée de je ne sais quel combat et pour quelle conquête, oui, elle faisait conquérante dans son long manteau, souillé de terre et ridiculement grand, et pourtant – pourtant, que d'élégance.

Au virage, quand apparaît la Pierre debout, elle a ralenti le pas, puis au pied de la pierre a posé son sac, a retiré son bonnet et lentement balayé ses cheveux, je les avais imaginés longs, ils étaient courts et très noirs. À quelques mètres derrière, je m'appliquais à toujours respirer en silence, les yeux sur ses mains, croisées, posées sur ses épaules, ses mains fines et meurtries du cimetière. Longtemps elle est restée comme ça, les yeux dans le ciel, puis elle s'est accroupie, son manteau en corolle autour d'elle, un lourd rideau d'une tombée sans pareille qui la cacherait de quiconque passerait par là, fût-il un mulot. J'ai attendu qu'elle reparte pour faire comme elle, et retroussant ensemble ma blouse et ma parka jusqu'aux hanches, j'ai pissé derrière un tronc, mon jet tiède sur la mousse épaisse pour ne pas qu'elle l'entende, mes fesses blanches offertes aux feuilles en charpie de l'hiver. Le chemin était en pente, j'ai arrosé mon pied le plus bas.

À la Pierre debout, il y a une patte d'oie. Le chemin de gauche est le cul-de-sac des Renards qu'ils ont tracé à force de passages pour aller s'abreuver au ruisseau du Castenou. Sans hésiter, elle a emprunté à droite la calade que l'hiver n'efface pas et qui conduit vers le Bois noir. J'ai attendu qu'elle me distance avant de repartir, et sans réfléchir, sous le grand chêne j'ai ramassé quelques menus bois morts que j'ai rapidement fagotés et gardés sous mon bras – la Madone, toujours, met du bois sur ma route pour que je le ramasse.

2

LE VESTIBULE DU DIABLE

Jusqu'à douze, les lacets. Puis les sentiers jusqu'à cinq : le diable ruse en les multipliant, mais il ne connaît pas celui que cache l'eucalyptus, tout à gauche comme le pouce de la main droite quand on regarde son dos. L'arbre barre le chemin parce qu'une tempête l'a couché, mais même sur le flanc, il a gardé la vie – ses feuilles sentent fort quand on les froisse.

Amsterdam, 24 août

Je marche à côté de mes chaussures, tu connais ça, un peu idiote, un demi-kilo de poussière sous chaque semelle, mes mains sentent le savon d'aéroport. J'ai acheté un journal qui me dit en anglais quel jour nous sommes, je déambule bêtement au milieu des produits hors taxes et je fais tourner les tourniquets des cartes postales. Bukavu ici n'existe pas, la voix d'Henriette est un mirage. Mon vol est dans trois heures, j'aime ce temps qui nous rapproche lentement, et cette carte qui arrivera après moi – on se retrouve chez Milou ? J'arrive avec le petit bonheur de cette attente, et une dent de lait dans ma poche, je t'expliquerai. Ça fait un siècle nos yeux qui rient, nos bêtises à l'oreille. Tellement de choses à se dire, il suffira de se serrer. Je t'embrasse, dans ton cou je pose ma tête,

Carmen

P.-S. Ce sont des cartes postales de cinéma dans le tourniquet, c'est pour ça, Romy.

Je ne l'avais jamais vue, non, ni en vrai ni en photo, et je ne l'aurais peut-être jamais connue sans la grippe du facteur, pâle et fiévreux ce matin-là quand je l'ai croisé au pont du Sémite. Je descendais de la Pierre debout mes fagots en prévision de l'hiver, et pour le soulager d'un kilomètre, j'ai porté à sa place une lettre à la Maison froide. Elle était occupée depuis deux à trois semaines, mais j'avais très peu vu son hôte ou seulement de loin. De temps en temps sur les chemins, il saluait d'un léger signe de la tête, l'homme était discret.

Ce matin-là, la livrée de bois qu'il rangeait sous l'avancée de son toit disait qu'il comptait passer ici un bon bout d'hiver, il avait le teint pâle des gens de la ville et sous les yeux des besaces de fatigue. Je lui ai remis la lettre en main propre et, sans réfléchir, comme un cadeau de bienvenue peut-être, je lui ai tendu un fagot. Si on taille tous les arbres en même temps, c'est pour que l'hiver venu personne ne souffre du froid – la Tante a semé en moi bien des phrases et des façons de faire. Elle m'avait appris à fagoter le soir même de l'enterrement de notre mère, deux branches en forme de fourche pour envelopper le fagot, et pour le lien, il faut tordre le bois. « Les tiges vers toi sinon tu t'empêtres ! » Et elle parlait en élaguant à coups de serpe des branches de viorne qui feraient les liens, et serrait les mâchoires aussi fort qu'elle tirait dessus pour les tordre. « Les hommes ont l'air fort, mais ton frère est loin d'en être un, fragile comme la vie, et à mon avis, il ne parlera jamais, au mieux il poussera des cris de moineau et encore. Quant à l'autre, il ne vaut pas bien cher aujourd'hui. Ça se voit qu'il a du courage et de la force, et il en faut pour prendre la route comme ça, avec fillette, femme et poussin dans le ventre, ou alors c'est qu'on n'a pas le choix. Je ne veux rien savoir, chacun son histoire, sa vie et ses embrouilles, mais en tout cas, le bonheur sera pour plus tard. Dieu sait ce qui vous attend demain, mais où que vous alliez, du courage et de la force, il va sacrément lui en falloir. » L'autre, c'était notre père, et je n'ai jamais su si lui-même savait où on allait.

La Tante parlait aussi sèchement qu'elle fagotait, ne répondait aux questions que si elle le jugeait nécessaire, dans la seconde, le lendemain, parfois jamais, et c'est comme ça que j'ai appris à me taire. « Pour l'instant, regarde, et le jour où tu auras de la poigne, tu fagoteras sans réfléchir. Allez, va remettre une bûche dans le feu avant de dormir. La vie n'est pas sans épines, il va falloir que tu t'occupes de tes hommes, petite. » Et le lendemain, avant que notre père se lève, elle m'a appris à tisonner, puis à réveiller le feu avec une braise de rien – « un fagot, deux bûches côte à côte et trois fois trois souffles secs. Le dixième, tu le fais long comme le vent dans les feuillus. »

À la lettre et au fagot, l'homme avait remercié par une forte poignée de main, et s'était présenté

– Maxim, et comme il aurait dit son nom de famille : sans *e* à la fin. Je n'ai pas posé de question, je n'ai eu de toute façon que le silence pour lui répondre. Pas même un mot pour être polie, pour être aimable ou faire semblant. Dans ma gorge, c'était trop gros, et par habitude elle s'est serrée – dans le passage, un gros gravier et mon prénom derrière. Déglutir n'aurait rien fait et cracher n'aurait pas été poli, j'ai retiré ma main et senti le rugueux dedans à cause de la sienne presque lisse qui ne connaît pas la terre. L'homme n'a pas fait un plat de mon silence, bien au contraire il en a fait un mot comme un autre qu'il a laissé se poser à ses pieds sur le fagot, puis il a levé la tête et, peut-être pour ne pas me laisser plus longtemps dans l'embarras ou pour changer de conversation, il m'a demandé le nom de la montagne juste devant et, les pointant de l'index, si ces nuages-là comme des choux-fleurs annonçaient l'orage ou le beau temps.

Il recevait souvent du courrier et ça arrangeait le facteur, même la grippe passée, que la Maison froide soit ma voisine. Je lui faisais gagner du temps dans sa tournée et l'habitude a vite été prise, quand je revenais d'une cueillette ou quand je descendais mes fagots, il m'attendait au pont du Sémite pour me remettre les lettres. Je suis devenue la messagère du dernier kilomètre, au début une fois par semaine et de plus en plus souvent. Et c'est comme ça que j'ai fait sa connaissance – au dos de l'enveloppe, là où l'expéditeur indique habituellement son nom et son adresse, elle posait son initiale suivie d'un point.

Ni la lune ni le soleil n'entre dans le Bois noir. Y pénétrer, c'est dire au monde qu'on n'a rien à perdre et à demain si le diable veut bien, parce que c'est lui qui ouvre la route, caché sous les pierres rondes de la calade, douze lacets abrupts jusqu'à la clairière d'Agu, un chemin de croix sans station, tu dois y monter sans t'arrêter, disaient les anciens, ou le diable ajoute un lacet à chaque pause que tu fais. La Tante m'y envoyait en juillet chercher des lauriers de Saint-Antoine pour les hommes et leur prostate. Protégés de tout, les lauriers étaient là les plus grands, on aurait dit le soleil rien que pour eux, il n'y a qu'à cet endroit du bois qu'il parvient l'été à toucher terre, mais pour arriver jusqu'à eux, on monte avec la soif et on arrive avec un goût de sang dans la bouche. Et si la clairière promet le repos, sache que le diable a fait rouler une roche sur la source, les anciens ont eu beau se passer le mot, plus d'un s'est fait un tour de reins à vouloir la déplacer, et grand mal à qui oublie sa gourde.

Je marchais un lacet au-dessous d'elle, attendant, derrière un tronc, dans l'épingle où je me trouvais qu'elle soit arrivée dans l'épingle du dessus, fonçais jusqu'à l'arbre d'après tant qu'elle était de dos et ainsi de suite jusqu'à douze. J'ai monté les lacets de la calade comme un limier et en courant. À la clairière, le temps que j'arrive, elle avait disparu.

Lille, 29 août

Maxim,

Ton téléphone est toujours sur messagerie, et tu n'es pas connecté quand d'habitude tu l'es même quand tu dors, est-ce que je dois m'inquiéter ? Peut-être n'es-tu pas encore rentré, peut-être sans réseau. Je suis entre Lille et Paris pour l'instant, j'enchaîne les courriers et les rendez-vous pour Bukavu, je te raconterai. Je dois partir dans trois jours couvrir les Grandes Voiles du Havre. Après le Kivu, c'est le grand écart, mais il faut bien des reportages qui financent les combats, puis j'enchaîne ensuite avec la Catalogne. Mais je ne partirai pas sans avoir de tes nouvelles. À ta rédaction, la secrétaire suit ses consignes de secrétaire et ne me dit évidemment rien de là où tu es. J'espère qu'elle te préviendra et que tu passeras prendre ton courrier, aussi je reprends mon stylo alors que nous sommes peut-être sous le même ciel.

Aujourd'hui je n'aime pas les lettres qui prennent leur temps.

S'il te plaît, appelle-moi.

À tout à l'heure,

Carmen

La clairière d'Agu, c'est le vestibule du diable d'où partent cinq sentiers qui s'enfoncent dans le Bois noir, et c'est dans celui du milieu que sur les premiers mètres poussent les lauriers de Saint-Antoine. Passé les derniers pieds, il y a une butte, puis le talus descend à pic, et c'est alors que commence le bois, on dit qu'il y fait sombre comme dans les entrailles des hommes, tant d'âmes s'y sont perdues que les cairns ne conduisent nulle part. J'étais partie sans eau, j'ai léché une roche à l'ombre où perlait encore de la rosée, ma langue râpait, mon genou commençait à me faire mal. Je pouvais encore faire demi-tour et la laisser se perdre, chacun sa vie après tout, elle ignorait mon existence et qu'est-ce que je lui devais ? Le diable me tirait par la blouse. Il fallait décider vite ou, si je choisissais de la suivre, je perdrais sa trace. J'ai lapé la roche encore une fois et j'ai regardé derrière moi la calade, à rebours j'ai vu la Pierre debout, senti le cèpe, la terre âpre du cimetière, j'ai entendu la pioche et l'écho du cri contre la mort – j'ai choisi le sentier du milieu et j'ai couru comme jamais.

Elle aurait forcément emprunté celui-là, à cause de saint Antoine et de ses lauriers même si elle ne les connaissait pas puisque les autres sentiers, on les voyait à peine, à cause de l'hiver ou à cause des arbres en travers, même le grand eucalyptus, la moitié de ses racines étaient à l'air. Passé la butte, j'ai dévalé le talus, les poings dans mes manches, et dans les broussailles j'ai foncé les bras devant. *Dio Madonna*, elle ne mettait là que des embûches, la Madone, des gouffres sous des branches, des branches dans la poitrine, des faux chemins, des épineux dans les yeux, des troncs couchés comme des soldats morts qui ne font qu'un avec la terre, ça sent le désespoir, ça sent la bête sauvage dans le Bois noir, les branches tombées ne craquent pas parce qu'il ne fait jamais sec, rien ne meurt et les feuilles restent molles, ça sent le pourri, le jamais fini, les jours et les nuits pareils. Les arbres les plus vieux rapprochent leur tête et à leur pied, les jeunes rentrent la leur, ils se courbent et piquent du nez, ils retournent d'où ils viennent et prennent racine là même où ils sont nés, et ça fait des arcs, des tunnels à fouine, il faut avoir quatre pattes et des courtes pour passer, des griffes ou un groin de sanglier, il faut être une meute de chiens sauvages, j'ai senti le souffle des chiens. Je les entends qui aboient, toujours ils se préviennent, chacun son tour pour faire croire qu'ils sont nombreux, ils se prennent pour des coyotes, pauvres bêtes, je ne crains pas vos crocs, vous pouvez bien m'arracher les mollets, j'ai gueulé après la meute – qu'est-ce que vous connaissez aux entrailles des hommes ? Qu'ils n'essayent pas de s'en prendre à elle, de toute façon elle mordrait la première, vous me croiriez, je leur ai dit, vous me croiriez si vous l'aviez entendue au cimetière. Disparaissez, petites têtes, vous ne lui ferez pas peur, c'est elle qui hurlera à la mort, les pieds nus dans la glace s'il en reste au sommet et les chevilles bleues, et ça ressemblera à un chant – j'ai parlé aux cailloux, j'ai donné des coups de pied dans le flanc des chiens.

Rebrousser chemin, c'était longer le cimetière et de l'autre côté du mur le couvre-lit grenat, c'était aller balayer les cendres du foyer de la Maison froide et, comme après une vraie cérémonie d'enterrement, fermer la porte après le café avec les gens, quand vient l'instant où il n'y a plus de biscuits dans les assiettes, les cafetières sont vides et il faut laver les tasses et ranger la nappe. Rebrousser chemin, c'était la perdre et perdre encore une fois. C'était rentrer réveiller le feu pour personne.

3

LE BOIS NOIR

Le chant des ruisseaux qui au printemps emportent les neiges fait boussole pour qui n'en a pas : il en est un qui empêche de tomber dans les griffes du Bois noir. Quand il rejoint la rivière, il s'appelle la Bendola.

Dans la pénombre, j'ai cherché des traces, des empreintes de pas, des branches cassées, elle était forcément tout proche, passée par là juste avant et maintenant sans doute quelque part à reprendre des forces, parce que si la Géante ronchonne et ressasse comme une aïeule, elle veille sur les humains, elle pose des pierres pour qu'ils s'asseyent, fait dépasser des falaises pour leur faire des toits et se serrer les arbres pour barrer le vent, elle creuse des grottes et forcément la femme qui monte s'abritait dans l'une d'elles, à l'écart des sangliers, peut-être sur un tapis de mousse, elle méritait bien ça.

Ça sent la terre profonde dans le bois, j'ai pensé aux bêtes sauvages, et aux femmes et aux hommes qui un jour sûrement sont passés là, des années, des siècles avant moi, je me suis dit que le bois n'avait pas voulu d'eux, ni de leurs ponts, ni de leurs chapelles, que la nature est plus forte que les humains qui passent leur vie à chercher leur place. Je me suis demandé ce qu'ils étaient devenus, s'ils avaient trouvé la sortie, s'il y avait eu des morts dans le bois, parce que bien sûr la Géante se met aussi en colère, elle fait chuter des pierres sur les chemins, appelle la foudre qui incendie les arbres, et ce qu'il en reste bouche l'entrée des grottes, les roches se fissurent, la pluie gonfle les torrents, alors l'homme n'est pas toujours solide pour rester debout sur les pentes, et on dit, c'est la vie, parce qu'à venir au monde puis à le prendre à bras-le-corps, il est seul et prend des risques – qu'est-ce que je connais aux entrailles des hommes ? Mon genou brûlait. Je me suis assise là où j'étais, sur la terre et sur une bouillie de feuilles. Sur ma blouse, sur ma parka, sur tout ce que j'avais sur moi. Dans le Bois noir, tout t'abandonne. Ton cœur devient petit, c'est celui de la Géante que tu entends battre.

Lille, 7 septembre

Maxim,

Je ne sais pas si tu reçois mes lettres, je compte sur un collègue devin qui te préviendra qu'elles s'accumulent sur ton bureau ou te les réexpédiera s'il a la chance de savoir où tu es. J'ai épluché les journaux des dernières semaines quand j'étais au Congo, je te croyais à Istanbul à la grande marche des opposants, je n'ai trouvé que des reportages en national. Ce matin, pas même une enquête de terrain, du marbre que tu n'aimes pas. Disons que je m'inquiète pour rien, et par déduction, je sais par la signature de tes confrères que tu n'es pas allé à Ouagadougou ou à Mossoul. Disons alors que tu es sur Mars et reviens demain par la fusée de vingt heures ou que tu es parti élever des vers à soie au Sichuan. Arrête, Maxim, s'il te plaît. Et si ta vie a changé sans moi dedans, si tu veux que j'en disparaisse, ne complique rien et dis-le-moi. Envoie-moi un signal de fumée, un pigeon, un hélicoptère de l'armée, ce que tu voudras, qui me dira que tu vas bien, que rien de grave ne t'empêche de me faire signe.

Je ne peux demander de nouvelles à personne, tu le sais.

Le monde est froid quand tu n'y es pas.

Je te serre,

Carmen

Bientôt il perdrait la vue.

Elle avait baissé de manière vertigineuse deux mois plus tôt, puis lentement au fur et à mesure des crises de douleur à n'en pas dormir. Un crabe installé dans l'œil gauche, le mot est laid, mais il le préférait encore au cancer. Rien de visible, disons une coquetterie derrière la rétine. Après batteries d'examens et radiothérapie, il fallait maintenant attendre et espérer que l'énucléation serait évitable. Pas souhaitable évidemment. Bien qu'elle ne prenne pas plus de temps qu'une opération de l'appendice et que la prothèse en résine remplace désormais l'horrible œil de verre, elle risquerait d'ouvrir grand la porte à la bestiole, laquelle se ferait une joie de migrer et faire des petits ailleurs, et des féroces, qui pourraient affectionner le foie ou le cerveau, mais oui, il se ferait opérer s'il le fallait. En attendant de se remettre à nouveau entre les mains de la science, pour le moment il n'avait d'autre choix que de s'en remettre au temps. Pour l'instant, l'œil droit compensait mais, malgré les traitements et même si elles s'espaçaient, les crises restaient tenaces. Un point rouge, comme un feu de vélo dans un tunnel, dont la sortie n'est là qu'au bout de deux jours pendant lesquels des taches bêtes et dissipées comme des mouches dansent la java avant de s'agglutiner comme elles le feraient sur une bouse, en bref, l'œil gauche est dans le brouillard, et l'autre s'épuise. Il m'avait expliqué le mélanome, l'ablation de l'œil et ses effets le plus simplement du monde ; il me connaissait peu, pourtant il avait aussi avoué son cœur fatigué mais encore bien accroché. Cancer ou crabe, c'est comme vous voulez, un sans-gêne qui débarque sans prévenir et prend ses aises. Pour le mettre dehors, il faut lui déclarer la guerre. Cancer, ça fait peur, disons que crabe, ça fait bord de mer. Je vais peut-être perdre la vue, pour ce qui est de la vie, je combattrai – et il m'avait dit tout ça d'une traite.

S'il m'avait informée ce matin-là, c'est justement que les mouches l'y avaient poussé. Il m'attendait derrière sa porte, les yeux fatigués, le regard par terre, et la lettre que je venais de lui donner, il me l'a rendue, embarrassé, hésitant, puis finalement, s'il vous plaît, pardonnez-moi, c'est impudique, il m'a demandé si je voulais bien la lui lire.

Elle venait en réponse à un message téléphonique qu'il avait laissé quelques jours avant, les mots moches, la maladie, les examens, le tango des médecins et, sait-on jamais, l'espoir d'une erreur de diagnostic, pour ça peut-être qu'il avait tardé à prévenir, espérant guérir avant de la revoir, peut-être qu'il aurait au moins voulu lui dire tout ça de vive voix, pas comme ça, pas de loin, c'était brutal, c'était violent. Il avait parlé vite, et entendu ce qu'il redoutait d'entendre, le quoi du comment du pourquoi, les risques, les traitements, les effets, tout ce à quoi il n'aurait pas de réponse avant au moins six mois. Jusqu'au verdict de l'opération, il serait absent, et c'était tout aussi violent, quelque chose en lui n'était pas lui, quelqu'un d'autre tenait les rênes, il ne parlait pas pareil, le crabe prenait la parole et les décisions à sa place. La commission des médecins ne s'était pas opposée à son éloignement, sous condition de repos et d'une visite hebdomadaire à un confrère jusqu'à son retour à Noël – et oui, bien sûr j'irai chaque semaine, la Maison froide n'est qu'à vingt-cinq minutes de l'hôpital en taxi, en cas de nécessité l'aéroport n'est qu'à une demi-heure d'autoroute et Paris à une heure de vol, aussi aucune inquiétude inutile, j'ai mon téléphone en cas d'urgence, et si je ne réponds pas, c'est parce qu'il n'y a du réseau que sur l'esplanade au bout du village.

Il parlait maladroit, mal à l'aise, regrettant peut-être ses confidences et cette lettre entre mes mains qu'il me demandait de lire, après tout il ne connaissait de moi que mes fagots et même pas mon prénom. J'écoutais sans questionner, certains mots qu'il disait, le réseau, les boîtes vocales, je les connaissais de loin, tout le monde sait ici que pour me joindre il faut toquer à ma porte les matins des samedis et les autres jours tenter sa chance.

Depuis les leçons de lecture de l'école, jamais je n'avais lu à voix haute, et comme pour les récitations de poésie, je suis restée debout. Il s'est assis dans le fauteuil face à la fenêtre, ça m'a aidée qu'il ne me regarde pas. Il cillait comme on cille à cause du froid piquant et du vent, les yeux humides sur la Géante, se mordant nerveusement le bout de l'index. Le silence s'est posé partout dans la maison, et j'en ai fait un mot comme un autre.

En partant, j'ai regardé dans la même direction que lui – cette montagne n'a pas de nom, et quant à savoir si les nuages annoncent l'orage ou le beau temps, il suffit de regarder leur ombre sur les versants : quand elle recouvre le dessus de vos pieds, ou bien vous rentrez les orteils le temps de repérer un abri, ou bien vous savez où il se trouve et vous courez vers lui au plus vite.

Il avait un peu souri.

Maxim, je viens d'écouter ton message.

S'il te plaît, va sur l'esplanade.

Je peux venir dès ce soir, dès demain, à cheval s'il n'y a plus de train, je volerai un étalon, je chevaucherai un grand cygne ou des canards sauvages, rappelle-moi, je t'embrasse, s'il te plaît, va au bout de ce village,

Carmen

Septembre marchait vers l'automne sans brusquerie, les épilobes lâchaient leurs cheveux et les cheveux semaient les graines au vent, au-dessus les mélèzes jauniraient bientôt leurs aiguilles. On distinguait mal le rouge dans les sorbiers les plus hauts parce qu'ils ne portaient pas beaucoup de fruits, l'hiver ne serait donc pas rude mais je les laisserais quand même tous aux oiseaux. Je déterrais les racines de guimauve, cueillais les dernières noisettes et sous les hêtres guettais les premiers pieds-de-mouton. Je montais fagoter chaque matin, les années se ressemblent et s'empilent comme les bûches, cette année encore le petit bois ne dormirait pas sous la neige.

J'ai continué de faire la messagère, mais il ne m'a jamais redemandé de lire une lettre. Le lendemain du matin de ma lecture, je l'ai croisé à l'autre bout du village, il marchait de long en large sur l'esplanade et tournait autour du tilleul en triturant le fond de ses poches. Il parlait un peu fort comme souvent les gens au téléphone – la vie continue, Carmen, j'ai un ennemi en moi, et je vais faire avec. Celui-là ne se combat pas à coups d'idéologies et de coups de gueule dans les colonnes d'un journal. Le dénoncer ne sert à rien et prouver qu'il est coupable est vain, il ne l'est pas. S'il te plaît, pense à toi. On sait que l'autre est là, et c'est suffisant.

Une deuxième fois, je l'ai aperçu sur l'esplanade, téléphone à l'oreille. Puis une autre, et plus du tout.

C. pour Carmen.

C'est comme ça que j'ai appris son prénom.

En bas de la lettre je l'avais lu presque tout bas, comme après les canards sauvages, les « je t'embrasse ».

Rien ne dit l'heure dans le Bois noir, même le temps reste à la porte. Sur ma blouse, sur ma parka, je suis restée là, les mains vides, les jambes comme je les avais mises. La fatigue ou la panique peut-être fait tourner la tête, j'ai eu peur des arbres, je leur ai vu des yeux, j'ai aperçu une ombre entre les troncs, vive comme une jeune louve sans petits, elle y posait la paume comme une caresse à chacun, comme les danseurs de deux farandoles qui se croisent se serrent la main et poursuivent la danse – la femme qui monte a dans les mains autant de douceur que de force dans sa pioche, plein les manches et jusqu'aux ongles, c'est de l'amour qui monte à sa place. Et pour elle, le Bois noir ouvrait ses fourrés et écartait ses lianes. Je me suis levée d'un coup, j'ai tendu la main pour attraper l'ombre et repris les chemins qui n'en sont pas. J'ai ramassé une branche solide comme une épée avec laquelle j'ai tout frappé sur mon passage, les ronces, les cheveux des arbres et la poisse, je me fichais qu'elle me surprenne à la suivre et j'ai oublié de respirer sans bruit, j'ai soufflé comme un bœuf, l'urgence était de retrouver sa trace. Elle était juste devant, mais sitôt son passage, les arbres resserraient leurs bras et cabraient leurs racines, le bois me châtiait. J'avais perdu ma poignée de petit bois sec, et ma boîte d'allumettes dans ma poche ici ne servirait à rien. Je tremblerai donc de peur et de froid, je mourrai étranglée par le remords, pire encore qu'étouffée par du gros gravier dans la gorge, je mourrai muette, je mourrai seule – je ne sais pas danser avec les arbres.

Le taxi venait chaque jeudi pour le conduire à sa consultation médicale de huit heures trente, et il quittait le village, sacoche à la main, avec le nécessaire pour la nuit – il restait jusqu'au lendemain dans la vallée, où il avait fait une réservation hebdomadaire à l'hôtel des Merveilles. Sa hantise était qu'un feu de vélo surgisse la veille ou le matin même, les mouches l'empêcheraient de descendre et ce n'était pas envisageable, non pas pour la consultation qu'il reporterait, mais pour les articles qu'il envoyait à la rédaction de son journal, le jeudi précisément et avant midi. Malgré la maladie, il n'avait pas suspendu son travail. S'il avait évidemment mis de côté tout reportage à l'étranger et toute investigation de terrain, il pouvait pour l'instant effectuer d'autres tâches à distance qui ne demandaient pas de déplacement, des chroniques et des critiques de livres, de manifestes, de romans, d'essais politiques, pas besoin de grande technologie, bien couvert on peut lire au clair de lune dans un igloo, il avait convaincu sa rédaction. Il recevait les ouvrages suffisamment tôt pour avoir le temps de les lire au cas où il aurait des crises, mais n'avait pas avoué à son médecin la quantité de livres qu'il recevait, qui signifiait beaucoup d'heures de concentration pour ses yeux et sûrement trop, mais hors de question, hors de question de manquer un seul, un seul numéro du journal. Quand il appuyait sur les mots, quand il les répétait, deux fois, parfois trois, c'est qu'il n'y avait pas de discussion possible. En quelques secondes il bâtissait un mur sans brèche. Ce n'était de toute façon pas mes oignons, et je le laissais dire et appuyer trois fois, bâtir son mur, verrouiller ses portes même celle de l'arrière-cuisine.

Je lui avais proposé, au cas où les mouches l'empêcheraient d'honorer ses engagements, de remettre ses courriers au facteur qui pourrait les déposer à la poste à la fin de sa tournée, ce qui l'avait fait sourire, votre facteur ne courra jamais assez vite… Dans la vallée, c'est par Internet qu'il envoyait ses chroniques, ce qui à mes yeux ne justifiait pas la moquerie dont il n'avait d'ailleurs pas fait preuve, mais je recevais son sourire comme tel car, plutôt que le facteur, c'est bien sûr moi qu'il piquait, sauf que si je ne courais plus comme un lièvre, j'avais une endurance à toute épreuve et commençais à m'y connaître en distribution postale. D'Internet, je connaissais le mot et très vaguement l'usage depuis l'installation d'un pylône en haut du village, mais je n'en ai jamais rien fait. La modernité qui a franchi ma porte se résume en deux appareils : le réfrigérateur de la Tante qui, même s'il ferme avec un coup d'épaule, fait toujours des glaçons, et le poste de radio acheté à la Foire d'octobre, ce que je ne regrette pas, les nouvelles du monde qui en sortent, la musique et le soir les pièces de théâtre, ne poussant pour autant que rarement le voyage sur les ondes, l'aiguille n'a jamais changé de fréquence. S'il y a urgence, en dehors du samedi où je reçois malades et bien-portants dans ma cuisine, les gens posent sur le rebord de mes fenêtres leur bocal vide avec l'étiquette portant le nom de la tisane ou de l'onguent qu'il leur manque, ils repassent plus tard ou envoient un gamin qui court jusqu'à moi.

Sa consultation médicale terminée, il passait aussitôt à la poste réceptionner les livres que son journal lui envoyait, puis gagnait sa chambre d'hôtel d'où il se connectait, comme les gens disent, pour envoyer ses articles, puis faire des recherches pour les prochains, avant de remonter le vendredi, le visage satisfait de la mission accomplie et défiant déjà la prochaine, sa sacoche de nouveaux livres dans une main et dans l'autre un filet de provisions, un bon vin, le pain tiède de la dernière fournée et un fromage de brebis, c'était son dimanche soir à lui avant le labeur du lendemain. Peut-être avait-il en poche les rapports confiants du médecin voire la perspective de la guérison prochaine, de la vie normale qui reprendrait, ou l'inverse. De ça, il ne disait jamais, jamais rien.

Avec octobre, les jours continuaient de raccourcir, mais il allait malgré tout marcher quotidiennement, chaussé de lunettes noires et passé quinze heures quand la lumière est moins forte. S'il rentrait au moment où le soleil tombe derrière la Géante, il croisait Rimbaud, et les deux se saluaient à leur manière : sans un mot, ils regardaient dans la même direction, l'un ses pieds quand sa vision n'était pas certaine, l'autre les siens, se préparant à la cueillette des cailloux en or. Quand le petit-duc chantait, ils levaient la tête en même temps, et chacun reprenait son chemin. Puis à l'approche de la Saint-Just, le petit-duc s'est préparé au départ, le village a commencé les feux dans les poêles et les mélèzes perdraient bientôt leurs aiguilles – chacun à sa façon s'est rendu à l'évidence de l'hiver.

Comme sa vue, son sourire jouait au yoyo, certains jours étaient meilleurs que d'autres. Au pont du Sémite, les lettres continuaient d'arriver, que je glissais dans la fente de sa porte, jusqu'à ce matin-là où, au bruit du clapet de la boîte à lettres, il a aussitôt ouvert. Le regard grave, le long des cuisses les bras trop longs et les mains lasses, il m'attendait cette fois pour me prier, s'il vous plaît, s'il vous plaît, de ne plus les lui apporter, de demander au facteur de faire le nécessaire et de lui mentir tant pis, tant pis, de signaler qu'il n'habitait plus à l'adresse indiquée.

J'ai vu quelques lettres empilées sur sa table, des enveloppes encore cachetées et une sur le carrelage de l'entrée qu'il n'avait pas ramassée. Les mouches s'attardaient, de deux jours elles passaient à trois, ce qui faisait de plus en plus lourde sa tête, elle demandait le silence aussi grand qu'il lui serait possible de l'entendre. La guerre battait son plein, il ne voulait personne dans les rangs. Il n'y avait pas de rang. Lui seul et le silence, dont il a fait son arme. Il voulait tout éteindre, le volume en même temps que la lumière et le bruit du monde, jusqu'aux mots sur le papier qui bruissaient trop fort. Plutôt se taire quand on n'a rien à offrir et aucune promesse à faire – il m'a remerciée, a baissé les yeux et refermé sa porte.

Quand on entend le vent siffler, ça veut dire qu'il s'est frayé un passage, il a trouvé une entrée et il y a donc une sortie quelque part. Comme un chien, je l'ai humé et suivi le nez debout, avec mon épée j'ai écarté délicatement les ronces, j'ai repris à respirer sans bruit et à me faire petite, le vent m'a menée jusqu'à l'entrée d'un val dont je ne connais pas le nom. Elle était déjà là, sortie du bois avant moi et assoupie dans l'herbe, elle avait retiré son grand manteau pour s'allonger dessus et mangé une pomme, peut-être trouvée dans la Maison froide dans la coupe avec les noix, dont elle tenait encore le trognon dans sa main assoupie, aussi des feuilles d'eucalyptus froissées qui s'envolaient. Jamais je n'étais venue jusqu'à ce val. Juillet doit le faire blanc comme neige, des tiges de linaigrettes pointaient tout le long d'un ruisseau. J'ai hésité puis, son chant couvrant mes pas, je me suis approchée d'elle.

4

LE VAL SANS NOM

Le dégel forme des petits lacs, puis des petites flaques. Les pieds s'y enfoncent, qui font le bruit de l'éponge gorgée d'eau. Quand alors le sol crisse sous les semelles, c'est que commence le pierrier, le métal qui frotte, des morceaux de la montagne qui s'agacent.

Le Bois noir n'avait laissé sur elle aucune marque. Pas une égratignure sur les joues seulement rosies par l'effort de la marche quand les miennes, avec la sueur, brûlaient des griffures des épineux. Sa respiration était tranquille et ce répit la faisait douce. Et comme si un prénom suffisait à donner chair et os, j'ai reconnu son visage que je n'avais jamais vu.

Je savais un peu qui elle était, photographe dans des combats par-delà les frontières, mais elle n'était pas repartie comme prévu à l'annonce de la nouvelle, pas possible, pas pensable, hors de question de partir pour un ciel plus lointain, ce qui était ridicule, c'était la même absence, qu'elle soit à six mille kilomètres, à six cents ou même à six, puisque sous le même ciel, quand cela arrivait, bien des obstacles semblaient les empêcher de se prendre les mains au présent, et pour se persuader qu'elle pouvait en rire, elle se moquait d'eux-mêmes – à tout à l'heure, oui, à plus tard, en 2032 *inch'allah*. Mais être loin et dans l'ignorance, ne pas s'inquiéter sans rien savoir et, cerise sur le gâteau, être légère pour deux – ce que la vie lui demandait là était plus épais qu'une mauvaise farce, marcher en souriant à l'autre bout de la Terre quand l'autre est assis avec un revolver dans le dos. Elle ne savait pas manier l'arme qu'il lui demandait de prendre, savait à peine à quel point son corps était malade, combien il était affaibli, s'il dormait, s'il souffrait, s'il perdait du poids, comment il était fort dans sa tête, s'il restait les yeux dans le vide ou s'il déplaçait les montagnes. Mais par respect, elle apprendrait, et la distance et l'absence, elle serait dans le combat avec elles : elle a congédié l'étalon, le grand cygne et les canards sauvages. Elle ne viendrait pas, promis, mais l'amour serait son arme – elle a appuyé sur la gâchette à distance et continué les « je t'embrasse ».

Ses lettres étaient un fil de soie qu'elle tendait dans leur ciel trop grand, qui arrivaient une fois par semaine, parfois deux et jusqu'à trois. L'hiver était proche et j'avais descendu tous mes fagots, aussi je ne montais plus à la Pierre debout ni ne passais par le pont du Sémite, mais j'ai décidé d'y aller exprès, chaque matin, pour réceptionner les lettres.

Rayer l'adresse pour les renvoyer d'où elles venaient, c'était couper le fil et j'ai rangé mes ciseaux.

Je n'ai rien dit au facteur.

Je suis restée la messagère du dernier kilomètre, mais j'ai respecté sa demande et ne les ai plus glissées dans sa porte – à la Maison froide, je n'ai plus déposé que des fagots et j'ai gardé les lettres pour moi.

Des nuages l'ont ombragée, elle a frissonné mais n'a pas ouvert les yeux, elle a lâché le trognon de sa pomme et tapoté le sol sous sa main, cherchant je ne sais quoi qu'elle a trouvé et serré dans son poing. J'ai couru derrière un gros roc, je l'ai regardée de loin. Elle était entrée dans ma vie sans bruit et sans le savoir, et moi dans la sienne comme une bourrasque, par effraction – à cet instant dans ce val sans nom, le soleil était une caresse sur son chagrin, et il me brûlait jusqu'aux os.

Chez Milou, 27 octobre

Cher Maxim,

Je devine que les interdictions dans tes jours ne sont que celles que tu te donnes, que tu travailles jusqu'à tard quand les médecins t'ont donné mille raisons pour que tu te reposes, que tu pars peut-être sur les chemins quand bien même ils t'ont sommé de te tenir à l'abri du ciel. Je compte sur la nuit pour te préserver de la lumière quand bien même je sais que tu la prends pour des jours et que vient difficilement le sommeil.

Je t'embrasse comme on prend une photo. Quand tout est dedans, du plein à craquer, qui ne se casse pas en morceaux, du temps qu'on soupèse. « Sehnsucht » dit un peu l'allemand. L'éphémère qui rend si vivant parce que, peut-être, il réussit à prendre un goût d'éternel.

Ne me donne en retour que la promesse de ne pas t'approcher du soleil.

Carmen

Les mouches continuaient de prendre leurs aises et son temps de travail se resserrant, entre chaque jeudi, entre son fauteuil et sa table, il mettait les bouchées doubles. Il ne fermait jamais les volets, le jour et la nuit c'était pareil, la lumière bleue de l'écran de son ordinateur, les livres ouverts, il passait à sa table autant de temps que ses yeux le lui permettaient. Il entretenait le feu jusqu'à très tard, puis le laissait s'éteindre, allait dormir quelques heures, sans doute juste avant l'aube – la maison était dans l'obscurité quand je me levais. Le pylône aurait au moins pu lui éviter la fatigue du jeudi, mais il continuait de descendre dans la vallée, et son rendez-vous avec le médecin de toute façon l'y obligeait. L'ennemi l'épuisait, oui mais pendant vingt-quatre heures c'était un peu l'oublier, en tout cas le combattre sans y penser. C'était en quelque sorte être un peu du bouclage, et récupérer les livres à la poste, un peu comme à la rédaction on lit son courrier avant de partir en reportage, le carnet dans une main et le cœur au rythme du monde – de temps en temps, il parlait un peu de lui.

Parfois, depuis la vallée, il lui envoyait quand même un signe, répondait à ses messages, elle savait qu'il les recevait le jeudi à l'hôtel des Merveilles, parfois ils s'appelaient et pour un temps le sourire revenait, je le savais par l'inquiétude amoindrie dans les lettres, qui revenait au galop dès que le silence s'installant à nouveau la plongeait dans l'ignorance. Trop loin, le ciel d'Afrique, elle retournerait, oui, bien sûr que son combat continuait, mais pour l'heure elle mimait et promettait le sourire, se contentait de sa signature hebdomadaire dans le journal et lui envoyait des brassées d'espoir comme on lance des kilos de riz aux mariés à la sortie des grandes églises, du papier blanc ou des pages arrachées à la spirale d'un carnet, un baiser sur un ticket de métro usagé, des caresses sur des cartes postales de Romy,

Tu n'imagines pas
comme t'entendre était nécessaire
pour que je redevienne sourire

et elle se rongeait les doigts dans la lettre d'après, demandait pardon pour l'égoïsme et la maladresse, la légèreté qui ne répondait pas à l'appel, se confondait en excuses et les détestait, mais malgré les défenses et le silence de son destinataire, elle continuait d'expédier de l'amour en espérant qu'il lui mettait le sourire aux lèvres, et c'est tout ce qu'elle pouvait faire. Je lisais sans tout comprendre, buvais ses mots comme une eau nouvelle, le soir venu, derrière ma porte verrouillée quand le village dormait. Je lisais ses lettres à voix basse, jusqu'à son prénom, que là, au bas de la page, elle écrivait en entier.

J'ai un jour craint que soient découvertes mes lectures en cachette, qu'à l'occasion d'un appel elle évoque ses lettres ou que le facteur décide de monter lui-même.

Et puis j'ai oublié.

C'était novembre, mais le vent qui soufflait au pont du Sémite n'avait rien de piquant, l'entrée dans l'hiver avait quelque chose de moins rugueux – je ne me réveillais pas pareil.

Pour toi, ce matin, je suis allée marcher le long du canal de la Deûle. L'orage de la nuit avait lavé le ciel, dans le bleu je suis allée chercher de la paix. Un peu de légèreté aussi, je l'ai trouvée dans les petits nuages – je te les envoie. « Dans nos ténèbres, il n'y a pas une place pour la Beauté. Toute la place est pour la Beauté. » *Dans les ténèbres, il fait moins noir quand on y est moins seul. Chacun sa vie, sa mort, dis-tu. Si la vie fait que je ne peux pas être celle qui allume la lumière à tes côtés, prends s'il te plaît de la douceur qui t'entoure – du vent, du genêt, de l'oiseau sur la branche. Sans doute que la saison du genêt est passée, alors ce que tu trouveras qui sent le soleil.*

Un matin, sans réfléchir, dans mes chaussons j'ai traversé la rue. Plutôt que de déposer comme d'habitude mon fagot sous l'avancée de son toit, j'ai loqueté, la porte n'était pas verrouillée. Sans bruit, je suis allée fouiller les cendres tièdes et j'ai tisonné une braise de rien. Mon fagot, deux bûches côte à côte, et ainsi il ferait chaud quand il se lèverait. Et chaque matin, j'ai fait pareil. Trois fois les trois souffles secs et le dixième long comme le vent dans les feuillus – pour moi c'était facile, j'habitais à dix pas et je connais les gestes.

La photo des nuages, je l'ai mise à la poubelle.

Le long du ruisseau, elle s'est agenouillée sur les herbes couchées, encore un peu ocre du dégel. Sous la berge, là où le courant creuse et élargit son lit, des pierres immergées sont coiffées de mousses à longs cheveux qu'elle a détachées et étreintes comme une éponge, elle s'est lavé le visage avec, l'a replongée dans l'eau et l'a passée longtemps sur ses paupières, sur son front et les ailes de son nez, et plusieurs fois comme ça le tour du visage, avant de terminer sa toilette, les mains en cuiller dans le ruisseau pour s'asperger. L'eau glacée a coupé son souffle, je l'ai entendue haleter, puis le courant a emporté son éponge qu'elle a regardée s'éloigner jusqu'à ce qu'elle disparaisse, retenue par un rocher ou effilochée par les eaux pressées du printemps.

Un vendredi, le taxi qui le ramenait m'a doublée au pont du Sémite, il l'a fait s'arrêter pour m'épargner la côte. En plus de sa sacoche de livres, du bon vin, du fromage et du pain tiède, de la fatigue et du sourire ensemble, il remontait un sac du Bon Montagnard qu'il s'est empressé d'ouvrir pour me montrer son achat : une paire de chaussures de marche, des chaudes et résistantes – en attendant de passer aux raquettes, mieux vaut apprendre à danser sous la pluie qu'attendre que passe l'orage, souvent comme ça, il forçait un peu la plaisanterie. Puis, seul à nouveau, toujours à la même place, il fronçait les sourcils, la tête dans les mains, il ne la levait pas de ses livres et de ses notes, la reposait seulement quand il quittait sa table vainqueur et sortait marcher, de moins en moins loin, de moins en moins longtemps, mais chaque jour, et les pieds un peu heureux comme l'enfant dans ses souliers neufs, et s'ils ne galopent pas, au moins ils ne sentent pas les cailloux – un bon mot, une pirouette, c'est un homme qui pour combattre savait rire.

Un matin, je lui ai apporté le bâton de marche de la Tante, non, il ne me manquerait pas, je ne m'en sers jamais, et au pire, j'en trouverai un autre, ne vous inquiétez pas pour moi. Le vendredi suivant, il a rapporté de la vallée une fine lanière de cuir pour lui faire une dragonne, d'accord pour le bâton, mais c'est un emprunt : quand la guerre sera finie je vous le rends.

Le premier gel est tombé, et la nuit de plus en plus tôt qui faisait agréablement longues mes soirées. Le temps n'était plus le même. Au coin du feu, je lisais comme une voleuse, mais sans savoir que je serais bientôt, et plus longtemps que prévu, seule avec mon butin.

Chez Milou, 30 novembre

Bonsoir Maxim,

Je suis à nouveau sur le départ pour Kinshasa, puis Bukavu. Soutien et financement inespérés, le reportage devient possible, et peut-être une exposition dans l'hôpital même, puis à Bruxelles, à Paris j'espère. Je repars avec la niaque et le cœur dans le ventre.

Je te raconterai.

Reçois-tu toujours mes lettres ? Dans l'ignorance, je continue de croire qu'elles te parviennent, que tu ne peux pas y répondre parce que tes yeux ne sont pas sûrs d'eux ou doivent encore rester dans l'ombre. Aussi ne t'inquiète pas. Pour te ménager, j'écris parfois des pages que je ne t'envoie pas : des phrases sans points pour ne pas qu'elles s'arrêtent des lignes à la suite regarde comme ça pas de virgule comme des caresses qui jamais ne cessent des heures d'amour sans pause la douceur et le désir tout mêlés je t'écris comme on respire reçois cet amour-là que je ne sais pas nommer et sans s'il te plaît te défendre de ne pas être à la hauteur être à la hauteur ça ne veut rien dire ça n'existe pas

Je serai de retour juste avant Noël. Je crois qu'à quelques jours près, on arrivera en même temps.

C'est le soir, entre chien et loup. Entre Paris aujourd'hui, Bukavu demain et ta montagne que je ne connais pas, je me sens entre trois chaises. Où que je m'assoie, mes pensées sont avec toi. C'est l'heure des silences qu'on chuchote, je t'enveloppe,

Carmen

Le vendredi suivant, il est remonté sans sac et sans provisions, le visage long, l'œil petit et des complications dans une enveloppe. Une lettre du médecin de la vallée pour ses confrères – des analyses sanguines laissaient entendre des inquiétudes, il est parti le surlendemain.

Attendant à sa porte le taxi pour l'aéroport, il m'a cherchée à ma fenêtre, s'il vous plaît, le doigt timide demandant si je voulais bien descendre. Ses nouvelles chaussures lui seraient pour le moins inutiles sur les trottoirs de Paris et trop chaudes pour le parcours du combattant qui l'attendait entre les laboratoires d'analyses, les salles de radio et peut-être les couloirs de l'hôpital, aussi les laissait-il ici, dans les starting-blocks en attendant, et même chose pour le bâton qui lui vaudrait les regards gênés de ceux qui en feraient déjà une canne blanche, aussi n'hésitez pas à l'emprunter en attendant, même un bâton a besoin de se sentir utile. Quant à la maison, elle resterait froide en son absence, mais son nom disait qu'elle y était habituée, et vous économiserez ainsi des fagots – voilà qui était dit.

Puis il s'est excusé, la vie prend parfois la main sur les calendriers et fait offrir les cadeaux de Noël en avance et j'ai cru entendre votre prénom à l'épicerie, peut-être est-ce aussi votre anniversaire ? Il m'a tendu un paquet, pour quand tombera la neige et pour ne pas qu'on vous perde en cas de tempête. Et ses yeux clairs sur le bout de ses pieds, pour le feu du matin, merci.

Sans aucun doute la langue pendue de l'épicière.

Noële, oui. Avec un seul *l*.

Au fond de ma gorge, ma voix avait réussi à forcer le passage en poussant le sempiternel gros gravier, mais le klaxon du taxi l'a couverte et il ne m'a sans doute pas entendue. Sa sacoche sur l'épaule, il a rejoint le coin de la rue en m'adressant de dos un au revoir de la main, le pas fatigué et un peu hésitant dans ses chaussures de ville, sa valise sur ses roulettes cahin-caha. La vie ne m'a appris qu'à tenir des brassées de bois, je suis restée avec mon paquet dans les mains comme une idiote. Les starting-blocks étaient peut-être un autre nom pour les boîtes à chaussures, j'ouvrirais le dictionnaire en rentrant.

Je ne savais pas s'il reviendrait.

Sans gravir les montagnes, à moins d'être un oiseau de tout là-haut, on ne peut pas savoir ce qu'il y a derrière. Des versants qui descendent sur le val, je ne connais ni l'un ni l'autre. Son grand manteau ouvert, elle s'est enfoncée jusqu'aux chevilles dans le sol comme une éponge entre les linaigrettes, et a attaqué le pierrier, a tourné promptement la tête à droite, mais ce n'était que l'écho d'une pierre qui dévalait à sa gauche – à cette saison, le chamois est encore dans son manteau foncé de l'hiver, mais il commence à prendre de la hauteur. Le soleil n'est pas encore chaud qu'il recherche le frais, celui-là s'en allait rejoindre un névé.

5

LE SORBIER DES OISEAUX

Le berger monte à la verticale avec les mollets de celui qui a franchi bien des obstacles et fait confiance à ses pieds qui savent quand changer de cap. Celui que le troupeau n'a pas endurci fait comme il peut, mais ne perdra ni courage ni de vue qu'il est toujours un cadeau de la montagne quelque part – à la branche d'un sorbier, une clochette qu'un poète aux pieds nus aura accrochée.

Les chevilles mal chaussées prennent des risques à monter les pierriers, et sans savoir où elle va, c'est sûr, elle n'y arriverait pas. Comme parfois l'été j'ai vu faire des marcheurs, vérifier leur carte ou resserrer leurs lacets en attendant leur ami de promenade quelques virages derrière, j'ai posé ma parka sur le dos d'un rocher pour qu'elle sèche du Bois noir et j'ai attendu au soleil. Forcément la femme qui monte reviendrait. J'ai la gorge fragile, j'ai gardé mon écharpe.

De la douceur je n'ai connu que les oreilles d'ours qu'enfant je cueillais et glissais dans mes poches. La Tante me houspillait, l'école prend déjà bien assez de temps, il y a autre chose à faire que se caresser le menton. Couper, tailler, cueillir, le bois, le feu, les plantes, ramasser, effeuiller, sécher, ensacher, ranger, aller porter. De la douceur à coups de kilomètres dans les mollets et de besognes en rentrant, aux fourneaux, au grenier, à la table, jusqu'à tard. Compter sur soi-même et avoir de la poigne. Tout ce que je sais, c'est la Tante qui me l'a enseigné, jusqu'à son italien qui blasphème, qui prend Dieu à témoin et insulte la Madone, pas de miel dans sa bouche, du rude qui fait se lever avant tout le monde – la vie n'est pas sans épines, il va falloir que tu t'occupes de tes hommes, petite.

Rimbaud, je le nourris encore, mais mon père, je n'ai pas eu à m'en occuper bien longtemps. Le temps qu'il gagne un peu d'argent, la Tante nous a tous les trois gardés sous son toit, on dormait en ligne, Rimbaud emmailloté dans un couffin à fruits. Notre père descendait chaque jour dans la vallée pour relever ses manches là où du labeur voulait bien de ses bras, et moi j'aidais la Tante, collée à ses basques sur les chemins de la Géante. Puis un matin, sous un bol de café vide, la vie s'est écrite autrement :

Pour l'école s'il vous plaît,
et le lait pour le petit.

Notre père reprenait la route et reviendrait nous chercher dès qu'il aurait trouvé un travail et une maison, il avait glissé sa promesse avec cinq billets de cent gagnés les semaines d'avant. La Tante les a comptés, la bouche pincée, puis enfoncés dans la poche de sa blouse. Elle a traîné les pieds jusqu'au garde-manger, et de l'étagère du bas a sorti une bouteille de génépi et deux petits verres qu'elle est revenue poser sur la table du petit déjeuner. Elle les a remplis à ras bord et s'est assise en face de moi, les jambes écartées, les pieds comme s'ils avaient des racines, comme chaque fois qu'elle avait quelque chose à dire, mais ce jour-là elle s'est tue. Le bois de la porte du garde-manger restée ouverte a craqué. Le soleil se levait quelque part, le jour frappait à la fenêtre de la cuisine. Elle a levé un verre qu'elle a bu cul sec et m'a pointé l'autre du menton. J'avais sept ans, j'ai fait comme elle.

La Tante n'en était pas une.

Une inconnue de la Providence, une samaritaine sans personne, de l'Italie dans tout son sang et de la France obligée dans son nom, la faute à un traité d'après-guerre, une histoire de rattachement qui l'a posée sur un territoire et sa famille sur l'autre. Pour la consolation, elle avait accroché une madone en plâtre rose au-dessus de son lit, par l'auréole avec une ficelle à la tête d'un clou, la statuette n'a jamais lâché prise. C'est sans doute elle qui lui a donné la terre pour bonifier la vie des hommes, qui lui a appris les rocailles, les arbres et les tapis d'herbes, elle a passé sa vie à faire des remèdes pour tous, et certainement la même madone qui un soir a mis sur sa route deux gosses rescapés du ravin. Parce que c'est bien là qu'on aurait pu finir à traverser les montagnes comme on l'avait fait. Des chemins sans fin comme des serpents sans tête, c'est le seul souvenir qu'il me reste.

La Tante s'est resservi un verre, mais a débarrassé le mien – « Allez, ton frère sera l'homme qu'il pourra, *se Dio vuole*. Avec tout ça, les cendres sont froides, je vais te montrer comment on allume le feu avec du journal, va chercher un fagot avant qu'il se réveille. »

Et le feu parti, elle a jeté aux flammes la promesse de notre père.

Rimbaud n'a pas beaucoup encombré la Tante. S'il pleurait, c'était en silence et il ne dérangeait pas. Il ne parlerait pas et serait donc idiot, et elle l'a laissé faire, tout seul le tour de la maison à quatre pattes, tout seul ses premiers pas. Il a appris à marcher en s'écorchant le nez sur les montagnes, les papillons et les oiseaux l'ont fait se relever en souriant, et les chèvres puis les chamois lui ont indiqué le chemin toujours plus haut. C'est le temps où il s'appelait Léon, né le dix novembre, notre père lui avait donné le prénom du saint du jour. C'est moi qui l'ai appelé Rimbaud quand un peu grand il s'est fait l'ami du petit-duc et quand l'école a mis de la poésie dans mon cartable. J'étais de toute façon la seule à l'appeler, la Tante ne lui adressait guère la parole. En fin de journée, elle se plantait sur le seuil, s'essuyait les mains sur sa blouse et portait deux doigts à sa bouche, c'était le sifflet pour la soupe. Poignets cassés et paumes sur les reins, elle restait là debout jusqu'à ce qu'il arrive. Rimbaud ne tardait jamais et l'instant était bref. Ça sentait le serpolet qui faisait paillasson à la porte, elle regardait la nuit dans les yeux et je crois qu'elle acceptait que seul mon frère interrompe sa conversation avec elle. Il rentrait, mangeait sa soupe et repartait.

Je m'en allais, les poings dans mes poches crevées ;
Mon paletot aussi devenait idéal ;
J'allais sous le ciel, Muse ! et j'étais ton féal ;
Oh ! là là ! que d'amours splendides j'ai rêvées !

Un soir d'hiver sans lune et sans petit-duc, j'ai sorti le cahier de poésie de mon cartable et je lui ai récité mes vers pour le lendemain. Ses grands yeux m'ont souri. Le bossu, le chercheur d'or, c'est pour les autres. Il acquiesçait pour que je l'appelle Rimbaud.

Mon unique culotte avait un large trou.
– Petit-Poucet rêveur, j'égrenais dans ma course
Des rimes. Mon auberge était à la Grande-Ourse,
– Mes étoiles au ciel avaient un doux frou-frou

Et je les écoutais, assis au bord des routes,
Ces bons soirs de septembre où je sentais des gouttes
De rosée à mon front, comme un vin de vigueur ;

Où, rimant au milieu des ombres fantastiques,
Comme des lyres, je tirais les élastiques
De mes souliers blessés, un pied près de mon cœur !

La Tante nous a élevés aussi simplement qu'elle vivait, comme elle cueillait les herbes, comme elle râpait les racines et effeuillait la sauge, avec son cœur de samaritaine calleux mais plein comme un fruit mûr, et comme ça jusqu'à ce qu'il lâche l'affaire. C'est en cueillant les derniers genièvres qu'elle a fait ses adieux à la Géante, nous laissant ses chemins en héritage, la nuit à Rimbaud et à moi le plein jour. J'ai grandi les pieds dans ses chaussures et une boîte d'allumettes dans ma poche. Aussi les yeux par terre, mais ça elle ne l'a jamais su.

L'appeler la Tante, c'était ma couverture de survie.

Oui, je fagote sans réfléchir avec la poigne d'un homme et des blancs dans ma mémoire d'avant les serpents sans tête. Ma vie d'avant les fagots s'est noyée dans une gorgée de génépi et mon prénom de naissance est parti au bras de mon père, dans le nord, disait la Tante, c'est là qu'ils montent tous pour être riches. La Tante ne savait pas lire et écrivait seulement ce qu'elle recopiait. Le jour de la signature des papiers d'adoption, un vingt-quatre décembre, le calendrier postal posé sur le bureau de la mairie affichait Noël, et elle m'a rebaptisée. Avec un *e* lui a soufflé l'assistante sociale, mais elle ne lui a pas dit de doubler le *l*, et à l'état civil, Noële s'écrit comme ça, avec un seul. J'aurais pu tout aussi bien m'appeler Jésus et je l'ai échappé belle, mais ça n'a finalement pas d'importance, aujourd'hui serait pareil. Je porte le nom d'une fête religieuse avec une faute et une blouse comme cadeau de baptême. Des anniversaires, je connais celui de la mort de ma mère, le jour de la Saint-Léon, et celui du retour du petit-duc grâce à Rimbaud qui, pieds nus et le sourire grand, en fait une célébration à chaque printemps.

En frottant mes semelles pour les débarrasser du Bois noir, j'ai réveillé le serpolet encore timide dont les fleurs feraient bientôt un tapis rose, ce val sans nom était décidément bien beau, j'ai coupé quelques tiges sans réfléchir – c'était une écharpe dans le paquet d'anniversaire, que je n'ai pas ouvert avant le soir.

La Tante n'était pas de cette trempe qui offre des cadeaux, mais des souliers solides avant toute chose, parce que la vie n'exige rien de plus que le nécessaire, de quoi marcher, de quoi manger et un toit pour dormir, et pour ça il faut la santé, que la montagne la chargeait de garantir à tous en mettant ses ressources à notre disposition. Chaque année, elle m'emmenait à la Foire d'octobre pour m'acheter une paire de chaussures, il fallait qu'elles durent et pour ça, on prenait une ou deux pointures au-dessus de la mienne qu'on comblait avec du papier journal en rentrant et quand, à l'âge de quatorze ans, mes pieds ont atteint la taille des siens et par chance cessé de grandir, elle s'est allégée de cette dépense en me léguant ses anciens souliers, grisâtres et terreux, et ses chaussettes tricotées de la même couleur. C'était rare que la fantaisie frappe à la porte de l'armoire et jamais du neuf n'y entrait. Elle récupérait manteaux et autres habits auprès d'aînés du village, peu importait qu'ils soient filles ou garçons, le hasard décidait de mes tenues, je portais des jupes ou des pantalons au gré de la croissance des autres. Les sous-vêtements étaient aussi de deuxième main, une collecte annuelle par des religieuses de la vallée, des culottes en gros coton qu'on fait bouillir pour ne pas attraper de maladie et des soutiens-gorge aux bretelles distendues. J'ai été élevée sans broderies et aux couleurs de la pierre et des forêts sombres. Quand un liseré à fleurs ou un bouton un peu vif se glissaient dans les dons, c'était forcément une erreur et je les y laissais. J'ai ainsi grandi avec la certitude que seules les fleurs et les baies ont le privilège des couleurs qu'elles se partagent avec les flammes et les braises enfouies sous les cendres – l'écharpe était du même rouge que les cynorhodons, celui des cerises mais plus vif encore à cause de la neige.

Un jour qu'au hasard d'une de ses marches il m'avait croisée vers les Lucioles alors que je tâtais les premiers cynorhodons, il s'était montré curieux de savoir ce que je comptais faire de tous ces gratte-cul. Deux cuillerées à soupe de pulpe séchée infusée dans un litre d'eau et vous traversez l'hiver sans la goutte au nez. Je lui avais aussi expliqué que le gel attendrit les fruits et qu'il fallait donc attendre pour les cueillir, que la cueillette pouvait même se faire sous les flocons. Il était témoin depuis sa fenêtre de la file d'attente du samedi à ma porte ; je ne suis pas sûre qu'il prenait au sérieux ma petite notoriété hebdomadaire, mais il me questionnait parfois sur des fleurs ou des essences dont il rapportait un rameau au fil de ses marches, comme un jour cette orchidée qui lui rappelait une plante dont les feuilles sont utilisées pour la teinture des cotonnades, un bleu profond, de la couleur de l'aube sur vos montagnes, c'est une plante d'un autre continent qui aussi apaise les phobies et les hallucinations – et j'ai pensé au vieux Joseph et aux démoniaques.

Cet homme ignorait tout des plantes d'ici et apparemment beaucoup de la montagne, mais il semblait connaître un peu du reste du monde, de ses couleurs, de ses lumières, de ses guerres et de ses trahisons. Disons qu'il était plutôt enclin à cueillir des feuilles de houx que des oreilles d'ours. Il y avait du triste et du dur dans ses yeux clairs, et je ne sais pas si les mouches seules en étaient la cause, du mois de novembre derrière les yeux, et peut-être peu de place pour autre chose.

Le jour de son départ avant Noël, le taxi n'avait pas atteint la première épingle de la route que j'avais inventé une galle aux églantiers qui empêcherait la cueillette des cynorhodons, autrement dit un stratagème pour ne pas porter l'écharpe, ce qui était ridicule puisqu'il était parti et ne m'aurait de toute façon, à cause des mouches, peut-être pas vue dans mon vieux cache-col marron, mais il faut plus qu'un cadeau d'anniversaire, qui plus est le premier, pour tuer les vieux démons. La neige est tombée le lendemain de son départ, une lettre est arrivée le même jour, puis Noël approchant, le facteur n'a plus apporté aucun courrier pour la Maison froide. J'ai découvert l'attente.

Avec la Tante je n'ai quitté le village que pour la Foire d'octobre et pour la grand-messe de Pâques, en bas les religieuses nous offraient une demi-feuille de pain d'ange. Je n'ai jamais pris le train et ne connais quasiment pas d'autre bitume que celui qui me relie à la vallée, qui m'a appris à calculer, additionner les épingles et les multiplier par deux une fois arrivée, les diviser par sept pour m'entraîner aux virgules, compter les nouveaux nids-de-poule chaque été. Jamais je n'ai mis les pieds dans un restaurant, et le café du village, qui de toute façon était le fief des hommes, a fermé du vivant de la Tante. Je ne sais pas le cœur qui s'affole quand il espère ou combien le désespoir le resserre, je n'ai jamais perdu l'appétit à cause de la joie ou de la tristesse, je mange parce que la pendule dit que c'est l'heure, j'obéis à des aiguilles qui me rappellent le coucher et au jour qui, par la fente des volets, me somme de me lever. Quand mes jambes flageolent, c'est à cause des kilomètres et de la fatigue, mais jamais elles n'ont tremblé d'impatience ou de plaisir. Elles ne savent pas ce qu'est courir vers le bonheur, elles ignorent même ce qu'est l'attendre – ce sont les lettres, soir après soir, qui m'ont appris la voix qui tremble. Je marche sans réfléchir sur des chemins que je connais par cœur et les chemins savent tout de moi, mais qu'on me mette aujourd'hui dans un train, qu'on me conduise à la porte de Chez Milou et je trouverai sa table au fond à droite, juste sous l'affiche, la même Romy que sur la carte postale.

Elle écrivait souvent là ses lettres, et je sais ses cafés du matin, les fumeurs de la terrasse, et les bruits de cuisine à l'approche de midi, je sais le soleil dans son assiette et cette chose immense qui fait qu'on ne regarde pas le monde pareil, j'ai appris les heures trop longues qui font se blottir dans une lettre, la mélancolie dans les matins de pluie et le précipice sans garde-fou, le même qu'au col du Piquet, mais celui-là, chez Milou, n'a rien à voir avec les ravins de pierre. Je ne sais rien de l'absence, ni de la peur de l'absence, mais je sais derrière la vitre l'amour qui prend toute la place, qui fait oser les mots qu'on ne pensait jamais dire et offrir le plus nu de soi-même, qui fait acheter des fleurs et des robes légères pour s'accrocher à l'espoir de jours meilleurs. J'ai compris combien est malheureux celui qui se cache derrière une majuscule suivie d'un point.

Sans plus de lettres au pont du Sémite, les précédentes ont tenu compagnie à mes longues soirées de décembre. Quand avec l'âge il me coûte désormais en rentrant de la montagne de me remettre à ma table, au grenier, aux fourneaux, ma besogne m'est soudain devenue facile. Je faisais des onguents jusqu'à tard, j'effeuillais sans fatigue, je prenais tout mon temps, faisant du moment où je m'arrêterais pour lire une cérémonie en le retardant. Sur la marche du seuil, souvent je me suis assise dans le froid. J'ôtais le givre ou la neige du serpolet pour le soulager un peu de l'hiver et, dans mon vieux châle en laine, je récitais des morceaux de lettres à la nuit. Les mots justes se retiennent sans effort parce qu'eux-mêmes ont retenu l'essentiel, et sans faire de bruit ils avaient la force d'une armada de poings contre la mort, la vie à gagner sinon rien, et je les recevais comme tels, je les retenais comme la montagne retient le poids de la neige, chaque hiver elle s'en souvient, ils disaient aussi juste que le thym sent le thym et l'immortelle des milliers de mois de juin. Dans son chagrin, cette femme puisait les mots qui ne cachaient rien, elle se mettait à nu comme elle allait prendre un bain et nageait dans des eaux profondes avec la peur de rien. À côté d'elle, je marchais morte, morte de marcher à côté de l'essentiel. Je ne savais pas ce que penser à quelqu'un voulait dire, le soir avant le sommeil qu'elle retardait pour ne pas être séparée de lui et dès le réveil. Je ne sais pas les mains qui brûlent et ce qu'aimer signifie, ni le sourire ni le désir grâce à des yeux de quelqu'un quelque part, fussent-ils à six cents kilomètres. Ni la terreur d'un mot de trop qui ferait mal, ni l'insoutenable, la seule pensée que l'amour s'en aille à jamais – ce soir-là dans la nuit je me suis blottie.

Sur le versant d'en face, les marmottes ne m'ont pas prise pour un gros danger ou c'est qu'elles avaient mangé une mauvaise herbe : elles ont sifflé court quand j'ai amorcé le pierrier. La femme qui monte montait toujours, non seulement elle était venue tenir tête à l'hiver avec sa pioche, mais même sans elle, rien ne l'arrêtait. Elle ne connaissait sans doute pas le langage des marmottes, qui s'en étaient déjà retournées à leur ménage de printemps, terriers ouverts et rejetons en gogaille, mais le pierrier ne me donnait rien derrière quoi me cacher et j'ai prié pour qu'elles ne sifflent ni n'attirent son attention. Du ciel je n'attends rien et j'ai imploré la Terre, j'ai déplacé quelques pierres pour y poser la main – faites qu'elle ne se retourne pas et que je trouve la force de monter. Je ne pouvais pas me permettre de la perdre.

Une sangsue sur mes cuisses, elle tourne à chaque pas. Elle s'entortille sous ma parka, me serre les hanches et m'engonce, je poisse comme un vent d'orage, elle fait couler la sueur sous mes bras, mais j'ai continué de la laisser faire, de me gêner aux épaules et de freiner mes pas – je parle de ma blouse. Quand la Tante est morte, j'ai enfilé les siennes, je l'avais revêtue de la moins râpée pour son grand repos au cimetière, puis j'ai usé ses deux autres, bien pliées dans l'armoire, l'une ou l'autre sur le dessus en fonction de la saison, puis j'en ai acheté des nouvelles à la Foire d'octobre, j'ai fait perdurer l'uniforme. Des années de blouse sans médaille, sans bijoux, sans fioriture, sans même un col. La mode a remplacé l'uni par les ramages et j'ai choisi les gris, les couleurs du bois sec et le nylon qui fait s'accrocher les ongles. Des années de blouse à la patère le soir avant d'aller dormir, et pour dormir la flanelle jusqu'aux chevilles, les manches au poignet, les quatre boutons jusqu'en haut et le raccommodage sur le plastron, la tache brune dans le bas ne s'en va pas, c'est la brûlure d'un tison. Même en été, je ferme le dernier bouton, je sors juste mes bras de sous le drap qui remplace pour deux ou trois mois l'édredon, mais je reste dans ma camisole. Et comme un vieux sa casquette, chaque matin de l'année, j'attrape ma blouse à la patère et je l'enfile sans réfléchir pour protéger mes vêtements dessous. C'est en lisant ses lettres que j'ai compris qu'elle ne protégeait rien – elle cache la misère un point c'est tout.

Porcaccia miseria, comme elle est jolie dans son grand manteau. J'ai lu et relu ses lettres, j'ai répété les baisers, le creux des bras, les murmures et les bêtises à l'oreille. La Tante m'a transmis ses recettes sans les consigner dans un carnet, j'ai eu besoin d'écrire ces mots-là que je n'avais jamais entendus. Je les ai copiés dans mon cahier de poésie d'écolière, depuis toujours conservé dans le tiroir de gauche du grand buffet et auquel il restait une bonne moitié de pages vierges ; je le sortais à chaque nouvelle lettre que je glissais dedans, chaque nouvelle enveloppe je la décachetais avec un couteau que j'affûtais régulièrement pour ne pas que le papier se déchiquette. Ce soir-là de décembre, après m'être blottie, dans la nuit et dans le serpolet, avant de rentrer dans ma flanelle, j'ai écarté, derrière la porte de la salle d'eau, ma robe de chambre pour dégager le miroir suspendu par une tresse de laine. Avec ma manche, j'ai essuyé la poussière et j'ai regardé la misère – je lui ai donné un coup de peigne.

Il faut regarder droit devant pour ne pas être pris de vertige, mais j'ai gardé les yeux sur les pierres que j'ai agrippées, les mains comme des serres, les bras comme des pattes avant et mes jambes n'avaient pas le choix que de les suivre. Vite avant que je glisse, que les pierres roulent et me trahissent. J'ai toujours dit à la Tante, trop vieille pour monter à Fontanalbe, que je n'y trouvais pas les immortelles bleues qu'elle réclamait, elle ne s'est jamais mise en colère contre moi et pestait contre les bouquetins qu'elle tenait pour responsables de la disparition des fleurs. C'était une des contrariétés qui lui faisaient sortir sa boîte en fer, dans laquelle elle déroulait les Gitanes qu'elle achetait à l'unité au café de la place. Au tabac émietté elle ajoutait un mélange de sa composition, peut-être ce mélange qui jaunissait sa moustache. Chaque été, elle me sommait de remonter à Fontanalbe, prends mon bâton et regarde plus loin que tes pieds, ces fleurs-là n'aiment pas l'herbe, elles ont les tiges longues et poussent sur les rochers les plus près du ciel, et tout en me parlant, elle fumait, les yeux plissés, droit dans les miens. Je ne sais pas si les bouquetins broutent les immortelles bleues, mais je sais qu'accrochée au flanc de ce pierrier, mes jambes me lâchaient et que le bâton de la Tante aurait sûrement été salutaire. Un tintement m'a fait lever la tête sur un sorbier à une vingtaine de mètres, je pourrais m'y accrocher et peut-être arrêter de trembler, mais elle y était déjà et j'ai attendu sans bouger. Petit et tout plié, on aurait dit qu'à lui seul il empêchait la montagne de tomber. La montagne ne tombe jamais et le sorbier s'accroche à elle pour tenir sa promesse aux oiseaux de leur garantir des fruits en hiver. Un genou par terre, elle a pris le temps de resserrer ses lacets. Au-dessus de sa tête, elle a agité une petite branche qui a tinté comme une clochette. Il était trop tôt pour les grappes de fruits qui, de toute façon, ne jouent pas les grelots – le vertige me faisait devenir bête.

Gourde sur mes quatre pattes, j'ai pris appui sur un gros rocher, il y a toujours un morceau de montagne qui dépasse, je me suis accrochée à ses millénaires.

6

L'ÉCHELLE DES SEPT

C'est un bon vieil escalier qu'on peut monter sans crainte quand bien même ses marches sont inégales et il n'a pas de rampe. À cet endroit-là, la montagne elle-même offre ses bras. À la dernière marche, une odeur d'épicéas annonce la ligne d'arrivée après l'effort. Et si malgré tout les jambes tremblent, il suffit de tendre la main.

Un autre soir de décembre après celui du miroir, j'ai sorti mes baumes d'immortelles, les jaunes, que je prépare pour les cicatrices et les hématomes. Soigner les autres justifiait sans doute que la Tante ne prenne pas soin d'elle-même. Les cals, les crevasses et la peau vieille faisaient partie de son baluchon de naissance et elle en a fait ma dot. Assise sur le bord de mon lit, j'ai pour la première fois ce soir-là dévissé un des petits pots que je réserve aux autres, et j'ai plongé l'index dans le baume. J'ai posé et étalé une lichette sur le dos de ma main libre qui l'a partagée avec le dos de l'autre, et elles se sont unies pour s'enduire. Chacun leur tour, mes pouces ont pressé mes paumes, fort et longtemps dans le creux, puis mes doigts se sont massés les uns les autres, depuis la peau fendillée entre chacun, tout le long jusqu'aux ongles – aucune de mes mains jusque-là n'avait pensé ainsi à se serrer, à ne faire qu'une en prenant soin de l'autre.

Le soir de Noël, après la soupe aux cèpes et le pain d'épices avec Rimbaud, et avant de souffler la chandelle, j'ai comme d'habitude retiré et accroché ma blouse à la patère, mais avant de me déshabiller pour endosser ma flanelle, j'ai suspendu le miroir par sa tresse de laine à la clé d'en haut du grand buffet. Un caoutchouc lâche retient comme il peut mes cheveux dans la nuque, je l'ai ôté et suis allée chercher, dans l'armoire de la chambre, la petite boîte en carton carrée qu'à la mort de la Tante j'avais trouvée derrière ses blouses. Elle avait remisé là ce que ma mère n'avait pas emporté dans sa tombe – quatre épingles à chignon en écaille, dans son cercueil sa chevelure était libre, ramenée de chaque côté de ses épaules. J'ai brossé les miens et les ai pour la première fois torsadés, enroulés en un chignon que les quatre épingles ont serré bien rond et plus haut que mes oreilles. Dans le miroir, j'ai vu mon front que je ne connaissais pas si grand et, en reculant jusqu'à la table, mon buste en entier. De n'avoir pas enfanté, j'ai sans doute les hanches moins larges que celles de ma mère et peut-être que mon regard sévère vient de mon père, je ne sais pas ce que mes parents ont mis dans mon baluchon de naissance et leurs visages sont trop loin pour que je puisse y trouver le moindre trait. La seule photo que j'avais de ma mère s'est perdue avec le temps, à moins que la Tante, comme la promesse de notre père, l'ait un jour jetée aux flammes. J'ai de toute façon tout pris d'elle, que je n'ai jamais vue se regarder dans un miroir. En poussant un peu la table et en reculant jusqu'à la porte, j'ai pu voir jusqu'à mes jambes, que l'une après l'autre j'ai fait pivoter sur mes gros orteils, j'ai découvert mes genoux et mes mollets – à part mes doigts que je brossais grossièrement pour les débarrasser de la terre, qu'est-ce que je connaissais de moi ? J'ai pris garde en enfilant ma flanelle à ne pas défaire mon chignon quand bien même j'allais me coucher et perdrais les épingles dans mon sommeil. J'ai endormi le feu et éteint les lumières, et j'ai ouvert la fenêtre sur la Géante. Un vent froid m'a mordu la nuque, dégagée par ma coiffure, mais j'ai fermé les yeux, déboutonné ma flanelle et j'ai glissé ma main qui a entendu battre mon cœur, jamais ma main ne s'était posée là, à même ma peau. La nuit n'était pas la même, j'ai respiré avec elle. La Géante semblait un peu moins rude. J'ai pensé à cette femme dont je ne connaissais ni le visage ni la voix, qui tous les soirs s'enduisait de crème pour avoir la peau douce le jour des retrouvailles et des caresses à nouveau, qui le chuchotait dans ses lettres avec le sourire et l'espoir, et offrait son aveu comme un cadeau, j'ai pensé à elle qui s'endormait en se tenant les mains pour ne pas oublier la main de l'autre ; j'ai pensé à cet homme et à novembre derrière ses yeux.

J'ai appris à vivre moche et vieille sans connaître le grain de ma peau, sans jamais m'y attarder en faisant ma toilette et évidemment sans que jamais personne ne s'y attarde, en n'utilisant la baignoire que pour les grandes occasions et seulement de l'eau froide au robinet du lavabo, vite, pour me débarrasser du plus gros des graviers qui crissent sur l'émail.

J'avais copié les mains qui brûlent dans mon cahier, j'ai essayé les caresses sous l'édredon. Sans baisers, sans bras à étreindre, la peau se flétrit et s'assèche. J'ai reboutonné ma flanelle jusqu'en haut, me suis relevée fermer la fenêtre et j'ai serré mon oreiller.

Le lendemain matin, j'ai refait mon chignon bien haut et pour la première fois, j'ai directement enfilé ma parka et laissé ma blouse à la patère. Il neigeait comme il neige dans les contes les matins de Noël, et autour de mon cou, j'ai enroulé mon cadeau d'anniversaire. Je suis allée au pont du Sémite, oubliant que le facteur ne viendrait pas puisque c'était jour de fête, ces matins-là les montagnes sommeillent tant que les cloches de la vallée n'appellent pas et je n'ai croisé personne. Les cynorhodons étaient à maturité, mais je n'avais pas pris mon cabas. J'ai ouvert ma parka et relevé un pan pour en rapporter quelques poignées. En rentrant, j'ai soigneusement replié l'écharpe pour le lendemain.

Dio bastardo. Je ne l'avais pas vue disparaître, c'est le chamois, en quittant le névé, qui m'a fait relever la tête. Elle était déjà quelques dizaines de mètres plus haut au-delà du sorbier, c'était d'ailleurs bien là une clochette suspendue à une branche, et c'est à partir de là que mes jambes ont commencé à trembler. *Dio bastardo, Dio bastardo*, pourquoi la Géante m'en veut-elle à ce point ? Elle me mettait au pied d'une échelle plus étroite qu'une sente à brebis, une faille grise et dure, un couloir avec des marches mais elles m'arrivaient à la taille, entre les deux des plus étroites que les pieds, des qui glissent et qui râpent et qui toutes regardent en bas – le ruisseau courait sans bruit et les linaigrettes n'étaient plus que des brins d'herbe. La montagne a des plaies qui ne se referment jamais, j'ai donné un nom à celle-là, je l'ai appelée comme on appelle au secours, *la Scala dei sette*, le pire était à venir, j'ai compté les sept marches qui allaient signer ma fin. Dans quelques heures il n'y aura que les yeux des chiens, leurs têtes d'épingle par deux dans la nuit, il n'y aura pas de lune et les étoiles ne suffiront pas pour y voir un peu clair, le ciel ne sert à rien – j'ai pesté contre tout, j'ai imaginé les chiens à mes trousses et d'autres qui attendaient déjà en haut, je me suis plaquée contre la roche et m'y suis cassé les ongles.

Il fallait monter coûte que coûte, avec la peur, avec la honte, aller jusqu'au bout quand on n'a plus rien à perdre que ses os. Reculer est impossible, j'ai obéi à la montagne. J'ai craché dans mes mains et noué mon écharpe dans ma nuque. J'ai remonté ma blouse, je l'ai coincée à l'élastique de ma culotte en prenant mon chandail avec, et on a fait équipe. Le nylon, les ramages gris et ma trouille. On s'est serrés. On s'est empêchés de regarder derrière, on a compté sur nous-mêmes.

Lille, 18 février

Je préférerais te connaître de loin, j'irais à une conférence et te toucher la main serait alors chose simple, tu me tendrais la tienne et tu me dirais, merci madame. Je voudrais être la petite vieille dans ta cage d'escalier pour le bonsoir, le cafetier pour la blague du matin, ou ta sœur pour les trois mots de politesse par semaine. C'est dégueulasse, Maxim. Il faudrait sans doute qu'on ne se soit jamais touchés pour que le plus simple soit possible, un café noir, le droit de s'asseoir, un tabouret de bar, un bout de banc sous le platane – le droit à la petite visite.

Nos silences ont été jusqu'ici les plus beaux. Celui-là est laid comme un coup dans le dos, il donne des acouphènes et fait mettre la musique à fond même la nuit, j'écoute la radio du matin au soir, j'ouvre en grand ma vitre quand je roule sur le périf. Oh, je garde le sourire, ne t'inquiète pas, je sors, je vais même voir des gens et ils croient que je ris, mais le rire, parfois, c'est juste des pleurs qu'on déguise, il n'y a que la nuit qui le sait et qui soulage, et ton drap que tu mords, parce que le chagrin, les angoisses, il n'y a que lui qui les voit. Mais qu'est-ce que tu crois, Maxim ?

Imagine, s'il te plaît, juste le temps de me lire, on inverse : un matin, je te dis tumeur, biopsie, opération, ablation ; risque de métastases, anapath, radiothérapie ; saignements, infections, fatigue cardiaque, risque d'embolie. Tu me suis ? Puis je me tais, je me retire, je te dis, s'il te plaît, c'est nécessaire. Pour toi, c'est compliqué, peut-être douloureux, mais tu comprends, tu respectes, tu t'efforces de te taire, tu n'y parviens pas toujours, mais vraiment tu t'efforces comme jamais, comme jamais tu l'as fait. Puis vient le jour où je fais une petite apparition, où je rattrape un peu pendant quelques semaines la vie en cours, les collègues, les réunions, même une exposition et la réception qui va avec, j'honore tous mes rendez-vous, c'est nécessaire, et ça aussi tu le comprends, tu es heureux pour moi, c'est honorable et tu sais que j'en ai besoin pour combattre, oui, ce besoin des autres sans même qu'ils le sachent, de s'accrocher à ce qui est comme avant, ça ne l'est plus et ne le sera plus jamais, mais s'accrocher même au semblant est nécessaire, tu imagines, même un peu au semblant, et ça aussi tu le comprends. Mais à toi je dis, impossible, je ne peux pas, Maxim, « désolée, ne t'inquiète pas ». Toi, je te tiens à l'écart.

Tu entends ce silence-là comme il mord ?

Elle est où notre fraternité, Maxim ?

Je t'envoie ces lignes sans les relire, comme quand on parle on ne se réécoute pas – qui me donnera des nouvelles à part toi ?

Carmen

Sa colère est arrivée avant lui.

On avait changé d'année depuis plusieurs semaines.

J'avais pelleté devant la Maison froide sans savoir combien serait longue son absence, si elle était de bon ou mauvais augure, des lettres me diraient peut-être s'il reviendrait, à moins qu'un taxi le dépose un beau soir au bout de la rue – il est revenu avec les premiers jours de mars. La Géante boudait entre l'hiver et le printemps, entre les chutes de neige et le soleil, Rimbaud comptait les lunes.

À Noël, ils s'étaient manqués. Il était rentré en urgence avant elle et elle était arrivée seulement le soir du vingt-quatre décembre retardée par des complications à l'aéroport. Noël rassemble les familles quand on en a une – entre les lignes de ses lettres et dans les blancs du peu qu'il m'a dit, j'ai compris qu'ils ne partageaient pas la même, que la sienne, à lui, était à l'étranger pour une année scolaire, sa femme et son fils, petit dernier d'une fratrie presque adulte et inscrit dans un collège prestigieux pour apprendre l'anglais, ils se retrouveraient pour les vacances, le père, la mère, le fils. Sur sa santé, il ne leur avait rien dit d'alarmant, une fatigue des yeux, des examens en cours, mais rien d'inquiétant, seulement qu'il était plus sage car moins fatigant d'éviter les trajets, de séjourner sur le lieu du reportage qu'il menait dans le sud, un dossier qui prendrait du temps, une affaire pas nette, un sous-préfet impliqué – peut-être que pour ne pas inquiéter, parfois on invente. Sur sa famille, elle était discrète, je savais sa joie de retrouver les siens au retour de ses voyages, elle disait la nécessité d'être ensemble. Leurs familles passaient devant, chacun s'enveloppait dans la sienne à sa manière et chacun sous son ciel, à même pas deux heures de distance, en attendant de se voir après les fêtes, après les promenades, les parties de ballon avec son fiston, il courait du mieux qu'il pouvait et aussi après le temps, les rendez-vous médicaux, les réunions au journal, le temps de raccrocher les wagons, faire taire l'ennemi et bonne figure, trinquer un peu à la vie, aux amis, les rassurer, oui, le traitement faisait son chemin, il avait encore besoin de temps si ce travail à distance leur convenait, mais, pas de souci, pas de souci, ses problèmes de santé n'empêchaient rien. Rien, rien n'empêcherait, et tous le connaissaient sans doute très bien, la porte était verrouillée, ils connaissaient probablement aussi les loquets de son arrière-cuisine.

Les lettres n'étant pas d'actualité dans les villes où les téléphones n'ont pas besoin d'esplanade et où les pylônes doivent se compter par centaines, j'étais hors des confidences, « des baisers à pas d'heure, des messages toutes les heures », des espoirs et des comptes à rebours, des « à tout à l'heure, en 2032 *inch'allah* », et aussi hors des fâcheries, le temps de quinze minutes avant de disparaître dans un taxi, quinze minutes pour tout mettre dedans, le désir, la colère, les angoisses de mort, « désolé, ne t'inquiète pas », des oreilles d'ours et des aiguilles de sapin dans les étreintes, je ne sais pas tout, tout ne se lit pas entre les lignes.

Il s'était mis d'accord avec le journal pour trois mois supplémentaires ce qui coïnciderait avec les prochaines vacances scolaires et le retour de sa famille, et il est revenu. Amaigri, le regard un peu vieilli et deux gros chandails sur lui. Ordinateur, livres en pagaille, téléphone éteint ont repris place sur sa table de travail.

Pas le même Noël, pas une promesse à offrir – désolé, ne t'inquiète pas. Et du pont du Sémite, je suis rentrée bredouille les semaines qui ont suivi, le facteur haussait les épaules, pas de courrier aujourd'hui.

On pouvait se voir une heure, pour nos mains ensemble autour de nos verres, et même dans le silence pour ne pas avoir à faire semblant, juste le temps de se donner rendez-vous plus tard, au printemps, au bord d'un lac, il y a bien un lac à côté de ton village, un carré d'herbe pour s'asseoir, un tapis de violettes, un lac pour regarder le silence. Tu me raconterais le Sahara, je te montrerais Bukavu, je t'expliquerais la dent de lait de Sifa, le lézard qui terrorise les petites filles du Kivu, parce qu'il est vert comme les uniformes des milices dans les forêts. Bien sûr on se retrouvera plus tard, après le cancer et sans lui, et nos déjeuners qui oublient les heures et font manquer les trains, et nos baisers et nos bêtises à l'oreille, bien sûr, à tout à l'heure inch'allah. *Pour vivre sans l'urgence de te voir, je suis en train de faire de mes espoirs des certitudes pour plus tard.*

Je me suis arrêtée chez Milou avant de reprendre mon train. Et j'ai commandé une Stout, une pinte quand bien même je ne la bois jamais en entier et t'en laisse la moitié.

Et j'ai douté de toi.

Tu me dis, pense à toi. J'entends, oublie-moi.

Et quand tu combats contre la mort, je combats contre la peur que l'amour s'en aille. Et je me sens sale. Sale de ce que les deux nous empêchent de dire ou nous font dire mal et maladroit. Ma souffrance n'est pas légitime au regard de ton corps malade, et plus je me bats contre elle, plus elle résiste et me fait plier la nuque.

J'ai bu la pinte en entier, et dans la nuit, j'ai voulu que tout s'arrête. Que les lacs se vident, que les trains déraillent, que Paris s'appelle Kinshasa.

Peut-être que j'aurais dû glisser la colère dans sa boîte aux lettres, il n'aurait pas eu le choix que de la lire, ou de m'écouter, j'avais fait mes preuves, j'étais prête à recommencer, j'aurais lu haut et fort pour qu'il entende, pour qu'il réponde, j'aurais gueulé aux montagnes que le silence, c'est laid comme un coup dans le dos, qu'on ne laisse personne imaginer les drames et le pire. Est-ce qu'on peut se taire à ce point et aimer quand même ? Peut-être ne plus aimer et ne pas le dire ? Peut-être que j'aurais dû jeter l'éponge, laisser la vie faire, brûler sa colère et toutes ses lettres, ne plus jamais aller au pont du Sémite et laisser son travail au facteur, après tout ce dernier kilomètre était compté dans son salaire. Je serais retournée dans ma blouse, il guérirait ou il mourrait, elle se ratatinerait de chagrin à l'autre bout, et ce serait ainsi, chacun seul, parce que c'est comme ça la vie. Mais je n'ai rien dit et chaque jour, en secret, je l'ai maudit.

Je leur en ai voulu à tous, Maxim, qui t'ont serré la main après ta conférence ce soir-là, qui t'ont vu sourire, que tu as fait rire, à ceux que tu verras la prochaine fois, j'en ai voulu au chauffeur de taxi qui t'a raccompagné chez toi, à la petite vieille et son bonsoir. Dieu que c'est moche, j'en veux à la montagne à ta fenêtre.

Je ne joue pas les infirmières, Maxim. La vie qui bouillonne, le désir qui fait danser les robes, je voulais juste t'en donner ta part. J'en veux au vent sur tes joues et à l'oiseau qui te réveille. Je leur en veux à tous, pour ne pas t'en vouloir à toi.

Dans mon nylon, dans mes chaussures terreuses, j'ai grimpé la Scala avec la colère de tous ces matins sans plus de lettres et la peur dans les mollets. Est-ce que l'amour est une histoire de promesse ? Moi qui n'en connais que les matins sans lui, moi et mes deux bras qui ne savent serrer que du vent et des fagots, j'ai entendu la peur immense, et je l'ai regardée survivre : elle s'est forcée à se taire pour combattre à coup d'amour sans bruit – *qui me donnera des nouvelles à part toi ?*

Comme s'il était parti la veille, la Maison froide a repris vie et lui ses habitudes, la lumière et le feu jusqu'à tard, le taxi du jeudi, le fromage et le bon pain du vendredi. Le printemps faisait peu à peu renoncer la neige, et il a aussi repris sa marche quotidienne, mais la Géante peut faire longtemps barrière aux beaux jours, il faisait encore froid et j'ai compté mes fagots. À deux sur mes réserves, elles diminuaient vite et je n'en aurais cette année pas assez pour aller jusqu'aux saints de glace. Aussi, j'ai mis un châle de plus le soir sur mes épaules et j'ai quelques fois dîné avec mon écharpe, j'aurais ainsi assez de fagots pour tisonner ses feux à lui jusqu'à ce que le printemps s'installe pour de bon. J'ai continué de déposer un fagot à sa porte chaque matin, mais j'ai fait comme elle, je me suis effacée comme elle espaçait ses lettres : je l'ai laissé allumer son feu lui-même.

Avec la colère j'ai finalement monté les premières marches de la Scala sans m'en rendre compte, j'ai pris peur aux trois quarts quand elle a disparu au sommet. Les derniers mètres s'annonçaient presque doux, rattrapés sur la droite par des bruyères et, il me semblait, des débuts de pâturages derrière, mais je devrais les monter seule, j'ai fait une pause pour reprendre mon souffle.

Il restait un bon mois jusqu'aux saints de glace, San Pancrazio, Servazio, Bonifazio, priez pour nous pauvres pécheurs, avant même le dimanche des Rameaux, le vent a commencé à tourner – un jour, il n'a pas ouvert ses volets avant midi. Le lendemain, ils sont restés fermés toute la journée. Pas de fumée par la cheminée, le silence derrière la porte. J'ai tenu jusqu'à la tombée du jour et à l'heure du souper, j'ai toqué. Au bout de longues minutes, la clenche des volets a stoppé mes craintes, il est apparu à la fenêtre, les épaules basses et grimaçantes, une barbe de plusieurs jours mais les yeux surpris – il y a un problème ? Pour ne rien laisser paraître de mon inquiétude, j'ai inventé, j'ai bredouillé le passage prochain du boucher qui reprenait les livraisons, peut-être qu'il souhaitait passer commande, je pouvais m'en charger s'il le souhaitait, et aussi que j'avais fait du potage, le dernier de l'hiver j'espère, parce que les choux et les pommes de terre, ça commence à faire mais un bol peut-être lui ferait plaisir – il m'a sauvée du ridicule en m'arrêtant sèchement, non, merci. Ses yeux étaient rouges, il cillait beaucoup, il a refermé ses volets.

J'ai pensé à Carmen, c'est drôle, c'est la première fois que je la nomme. Dans la Maison froide, le crabe tenait les rênes, il fatigue et irrite celui qui le porte et j'ai compris que contre lui seul était dirigée sa colère.

En rentrant, je suis montée au grenier chercher une cagette de fleurs de bleuets. Mélangées aux camomilles de la dernière cueillette, je les ai laissées infuser toute la nuit, filtrées à la première heure, pressées et compressées avec de l'huile de bourrache – à mettre sur les paupières pendant son sommeil. Le même matin était arrivée une enveloppe en provenance du Congo, mon vieil atlas mentionnait le Congo belge et je n'y ai pas trouvé Kinshasa, j'ai eu peur que ce ciel soit vraiment trop loin et que le fil de soie s'effiloche, que l'ennemi continue à marquer des points – sur une petite assiette je lui ai porté mon cataplasme avant le soir.

Les médecins l'avaient suffisamment doté en matière de prescriptions pour soulager ses douleurs, en d'autres mots, gardez vos potions pour les enfants et les poussières dans l'œil. Ses mots sont sortis comme du venin, me faisant remarquer que je n'étais pas médecin et me priant de me mêler de mes affaires. Il m'avait ouvert la porte, je suis restée sur le seuil, il marchait nerveusement autour de son fauteuil.

Je n'ai jamais prétendu détenir le savoir des médecins, mais mon héritage m'a toutefois légué une connaissance qui est loin d'être inutile et la propension à offrir de l'aide, sans compter que désormais des lettres m'apprenaient à mettre de la douceur dans mes remèdes, mais je n'en ai bien sûr rien dit. De toute évidence il n'était en mesure de recevoir ni les unes ni les autres, et les trois l'ont irrité.

N'insistez pas.

Si j'ai besoin, je vous le dirai, et quand j'irai mieux, vous le saurez. Je n'ai besoin de l'aide de personne, de personne, c'est comme ça depuis que je suis enfant. Bonne nuit, désolé, j'ai sommeil.

Je suis sortie sans retenir la porte sachant qu'elle se fermerait bruyamment. L'ennemi et lui seul, et hors de question de partager le face-à-face avec qui que ce soit, hors de question, oui, c'était clair. Mais peut-être que nous partagions certains traits de caractère. Parce qu'il n'est pas non plus dans ma nature de déclarer forfait, en rentrant j'ai jeté aux poules mon cataplasme, mais dès le lendemain, je me suis levée pour à nouveau aller réveiller son feu à l'aube, j'ai continué chaque jour et c'est la seule chose à laquelle il ne s'est jamais opposé. Un matin, au pied de la cheminée, sur la pile des journaux et vieux papiers à brûler, je suis tombée sur des pages d'agenda qu'il détachait au fur et à mesure des jours finis et sur un bulletin de sortie de l'hôpital – il y avait passé deux semaines en janvier, après réunions le 20, le 25, le 28, rendez-vous de travail, le 3, le 4, chaque jour était annoté, radios, analyses, journée alitée, fatigue, repas familial le 6, conférences les 12 et 15, réception à suivre, Carmen, impossible, désolé, ne t'inquiète pas. À côté de la pile des papiers à brûler, il avait laissé là quelques anciennes lettres, de la correspondance d'avant le dernier kilomètre ;

ce n'est pas maintenant qu'il les relirait et j'ai deviné que ce n'était pas son genre, pas plus que ne l'était, apparemment, de trouver une heure sur son agenda pour un café, je les ai emportées pour découvrir avant comment c'était.

À son insu, chaque matin désormais, dans le feu je jetais une poignée de fleurs de bleuets et trois gouttes d'huile de bourrache qui, en faisant crépiter les flammes, chassent le mauvais œil. D'autres accrochent des carlines à leur porte ou font brûler des cierges – chacun fait comme il peut.

Quand le jeudi matin qui a suivi, le taxi n'est pas venu le chercher, j'ai pensé à un problème mécanique et lui ai renouvelé ma proposition de remettre ses articles au facteur puisque j'allais au pont du Sémite. Il a soupiré, et sans même lever la tête, ça ira, j'ai fait le nécessaire.

À partir de ce jour-là, le taxi n'est plus venu que pour lui livrer ses provisions, le fromage, le bon vin et de quoi se nourrir pour une semaine, jusqu'à la boule de gros pain qui ne durcit pas et il n'est plus allé au dépôt de l'épicerie. Il n'est plus descendu à la vallée et a mis fin à ses promenades même les plus courtes. Il s'enfermait derrière ses volets la nuit comme le jour. Il n'y a que ceux de la fenêtre qui donne sur la Géante qu'il laissait ouverts. Face à elle, dans son fauteuil, il a passé toutes ses journées jusqu'à la dernière, comme s'il l'apprenait par cœur.

Une mauvaise prise, une faiblesse dans ma poigne, j'ai imploré la montagne pour qu'elle me prenne dans ses bras – j'ai glissé sur la dernière marche de la Scala. Paume brûlée, menton écorché, nez râpé. Plus de peur que de mal, mais ma blouse a lâché l'élastique de ma culotte. On ne faisait plus équipe. On ne monterait pas plus haut. On n'était plus que deux, ma trouille et moi, le ventre collé à la pierre et le ravin dans le dos.

7

LE LAC VERT

L'approche du ciel donne des ailes et, parce que là-haut un filet de fumée prend l'odeur du réconfort et du repos, on se dit que le plus dur est peut-être derrière. Reste à traverser la nuit qui, parfois, force les mots.

J'ai toussé pour me remettre le corps un peu en place. Les nuages eux aussi étaient montés, ils s'arrêtaient là et assombrissaient le lac, vert profond comme les grands épicéas qui, dressés autour, formaient une garde. Accroupie sur une large pierre plate tout au bord, le bas de son manteau un peu dans l'eau, elle a sorti deux noix de sa poche, les a pressées l'une contre l'autre pour briser la coque de l'une et m'a invitée à prendre un cerneau d'un hochement appuyé – elle m'avait entendue crier et, revenue sur ses pas, s'était agenouillée, avait tendu la main pour m'aider à franchir la septième marche.

La montagne faisait silence, les nuages sombres faisaient profond le lac. J'ai toussé à nouveau, cette fois pour mettre du bruit dans le cauchemar, j'ai changé de position, tiré sur ma blouse pour recouvrir mes genoux et joué avec l'ourlet comme on se ronge les ongles. Elle m'a dit, excusez-moi, je ne sais pas être bavarde. Et presque aussitôt, ce n'est je crois pas bon signe quand les nuages restent au même endroit ? Hochant les épaules en signe d'ignorance, elle a juste ajouté ça. Je ne sais pas si elle interrogeait le ciel lui-même ou mes yeux fuyards qui se détournaient du lac pour ne pas y voir les reflets du bleu ou des nuages, elle ne m'a pas demandé qui j'étais et ce que je faisais là. Après s'être assurée que je n'étais pas blessée, elle a simplement dit au revoir comme on part faire ses courses, comme il est normal d'aider quelqu'un à monter une échelle et de lui offrir des cerneaux de noix au milieu de nulle part, comme on s'en remet aux nuages et au vent qui les chassera plus tard – à la vie comme elle voudra. Elle s'est retournée, m'a demandé s'il poussait des violettes au bord des lacs, et s'est éloignée sans rien de plus.

Des vaguelettes ont fait trembler le lac, il n'y avait pas un reste de l'hiver à la surface, pas la moindre pellicule de glace – même ici le printemps s'organisait depuis quelques semaines, on était sans doute moins haut que je pensais. Ma trouille un peu endormie, je l'ai regardée partir. Des nuages se sont écartés et le soleil a fait scintiller le lac, juste le temps que des nouveaux le cachent et il n'est plus apparu. J'allais moi aussi reprendre la route, dans ses pas mais sans plus m'efforcer de respirer sans bruit, sans savoir non plus ce qu'il adviendrait dans la minute, l'heure ou la nuit. Je ne me suis pas pressée.

Il est impossible dans les montagnes de dire autre chose que la vérité, et à part l'écho qui a déjà bien assez à faire avec les éboulis, les cris des bêtes et les tourments des hommes, il n'y a de toute façon personne alentour pour colporter des mensonges, à part peut-être les morts qui flâneraient par là – mais les morts ne mentent pas ? Ils ne parlent pas bien fort et on ne les entend pas, on s'adresse à la nuit sans savoir à qui on répond, qui on questionne, si quelqu'un nous écoute, et c'est très bien comme ça. Dans moins d'une heure, il ferait noir. Et non, ce n'est pas bon signe quand les nuages s'arrêtent au même endroit – c'est la première fois que j'entendais sa voix. Il y avait eu le long cri du cimetière et tellement de lettres, mais cette question au ciel ne ressemblait à rien de tout ça. Elle se tenait là tout entière au vent et aux étoiles à naître, s'en remettait à eux pour finir le jour sans penser au suivant, ça se voyait dans son dos, dans sa façon de marcher, un pas, un autre, rien d'elle ne décidait. De la colère et de la détresse du cimetière, il semblait ne rester qu'un de ses poings serré qu'elle portait de temps en temps à sa bouche. Dans son manteau, la tristesse tombait plus bas que ses chevilles comme la traîne des jours et des nuits passés, et j'ai prié un oiseau de venir chanter un peu de consolation. Je ne connais pas le nom de celui qui a répondu, il était petit et le vent s'est mis contre lui. Rien jamais ne console sauf peut-être la vérité à condition qu'elle ose. Quand je me suis levée, quelque chose est tombé qui a fait un bruit métallique contre les pierres, j'ai eu beau regarder autour, je n'ai rien trouvé – la clé de la chapelle sans doute avait élargi le trou de ma poche à sa taille, je l'ai laissée à la montagne.

La neige avait entièrement fondu sur le versant des Trois Marie, les chevreuils sortaient du bois et le petit-duc était revenu – Rimbaud avait confié ses chaussures à la Madeleine. Je n'allais plus au pont du Sémite qu'un jour sur deux. Au printemps je descends à la Maglia chercher les épinards sauvages, les pointes d'ortie, la laitue vivace avant qu'elle soit amère et les valérianes rouges avant que le lait monte dans les tiges. C'est le temps des salades et de la cuisine à la petite semaine en attendant les légumes que fait grossir l'été. La montagne est généreuse toute l'année même si elle n'en a pas l'air, la Tante savait attendre et m'a appris à ne jamais gaspiller. Un jour, il a accepté une assiette de raviolis que j'avais farcis aux blettes et aux jeunes pousses de pissenlit, on n'est pas des lapins, disait sa grand-mère qui mettait du lard partout, mais vos raviolis n'en ont pas besoin, ils sont meilleurs que les meilleures tables italiennes de Paris, je vous remercie. Il trouvait toujours la force d'une petite plaisanterie, et pour un peu de printemps, il ouvrait à nouveau ses volets dans l'après-midi, mais le soleil n'entrant jamais dans la Maison froide, il continuait de faire du feu qu'il m'arrivait désormais d'aller réveiller dans la journée parce que, s'assoupissant, il le laissait s'éteindre. Parfois, il ouvrait un œil, on dirait le ressac quand vous soufflez longtemps sur les braises… Êtes-vous déjà allée à la mer ? Et à nouveau, il se taisait. J'ai eu peur qu'il délire.

S'il était naturel de se parler quand on se croisait

sur les chemins, là, à côté de son fauteuil, ça faisait garde-malade, dame patronnesse ou dernière confession. Et il n'avait pas toujours la force de faire conversation. De lui, à part les mouches et les feux de vélo, je sais finalement bien peu de choses. Dans son ciel de l'amour sur un fil mais ce n'est pas de lui que je le tenais, un goût pour le bon vin un soir par semaine et une lettre manquante à son prénom, oh, un simple pacte de jeunesse que je porte par habitude comme une deuxième peau.

Je ne savais pas ce qu'était le ressac. Et non, je n'étais jamais allée à la mer, à une cinquantaine de kilomètres seulement, mais pour les autres les serviettes de plage et les cornets de glace. La maison s'est assombrie, les nuages dessinaient des grandes ombres sur la Géante, et sans réfléchir, j'ai répondu à la question qu'il m'avait posée le jour où nous avions fait connaissance – la Géante, oui, c'est comme ça qu'elle s'appelle, et elle est tellement géante que de votre fauteuil vous ne pouvez même pas la voir entière. Il pousse des immortelles bleues au sommet, mais les bouquetins les mangent. Le bâton que je vous ai donné, c'est celui de la Tante qui me le tendait à chaque début d'été pour que j'y monte, mais je n'ai jamais trouvé les fleurs en question, la Géante fait un peu ce qu'elle veut, ou disons que les bouquetins ont bon dos.

Je ne sais pas pourquoi j'ai commencé à lui raconter ça, d'autant que, pour qu'il comprenne, il aurait fallu que je lui explique la Tante, le génépi et tout le reste. De toute façon il s'était endormi, n'avait sans doute rien entendu, et c'était très bien comme ça.

De jour en jour, il semblait s'affaiblir. Un matin, je l'ai trouvé dans son fauteuil, le visage dans les mains, se frottant les yeux, s'étirant le front. Peut-être qu'il n'avait pas eu la force de rejoindre son lit ou qu'il cherchait la compagnie de la Géante jour et nuit, si je perds la guerre, n'oubliez pas de reprendre votre bâton. Ses traits se creusaient, se lever pour se servir un café semblait lui demander un effort, mais il tenait à le faire lui-même, j'ai pensé à faire monter un médecin – je n'ai pas eu à le faire.

Chez Milou, le 4 mai

Cher Maxim,

Je suis rentrée hier de Kinshasa, j'y ai passé un mois.
J'ai couru en page 3 du journal, tout juste paru hier, soulagée parce que ton nom est là, noir sur blanc au pied d'une colonne, et la seconde qui suit ma lecture est presque douce et légère, presque et pas longtemps parce que ta signature ne gage de rien. Tu seras branché, tuyauté sur un lit d'hôpital que ton nom honorera encore les pages du journal, je sais que tu peux travailler jour et nuit pour ça – pour combien de semaines

as-tu déjà des chroniques ? Tu seras à l'agonie et en rage de ne pas avoir anticipé encore davantage. Je ne t'en veux pas de ne pas savoir faire autrement, et même, évidemment je te comprends.

Mais je ne peux pas continuer de les lire sans savoir si tu es aujourd'hui en mesure de les signer, pas plus que je ne peux imaginer qu'un matin l'absence de ton nom en bas de la colonne m'apprendra le pire.

Aussi je décide de venir.

Je ne te demande ni l'autorisation ni l'hospitalité.

Je suis passée au journal, oui, un hasard inespéré m'a permis d'apprendre ton adresse sans même que j'aie à la quémander, je te raconterai, ne t'inquiète pas, personne n'a soupçonné quoi que ce soit. J'arriverai le soir, je dormirai dans la vallée et monterai le matin. Je te respecte, au plus haut point, Maxim, mais voilà des mois que je ne me respecte pas. Ces silences-là sont plus bruyants qu'une porte qu'on claque, plus douloureux que des coups de poing, j'en préférerais un vrai qui me dirait de me taire, mais qui me dira que tu respires.

J'ai peur, bien sûr que j'ai peur, mais avec la peur, on ne fait rien.

Aussi, je la congédie.

Parce que la vie, c'est maintenant.

À tout à l'heure,

Carmen

Moquerie du destin, cette lettre est arrivée le dernier matin, ce matin-là de la Maison froide comme jamais.

Comme d'habitude, j'y avais déposé mon fagot, mais j'étais ressortie aussitôt, il n'y aurait pas de feu aujourd'hui, j'étais partie directement vers le pont du Sémite. Je marchais vite, tête droite comme un soldat, sans capitaine, sans commandement, oui, le coup de poing du pas encore né, les yeux froids, des coulées de sueur le long des côtes, je triturais le fond de mes poches, je haletais comme un vieux chien, il n'y aurait pas non plus de feu le lendemain – pour la première fois, j'allais au pont du Sémite avec l'espoir que la sacoche du facteur serait vide.

Arrivée en avance, j'étais montée jusqu'à la Pierre debout, deux fois, peut-être même trois, pour ne rien n'y faire, juste pour ne pas attendre, pour que le temps passe, le facteur n'arriverait qu'une heure plus tard, je ne tenais pas en place. De sa vie de facteur, il disait n'avoir jamais distribué autant de lettres à un seul homme, gageant qu'au vu de leur fréquence, c'était sûrement de l'amour qu'elles contenaient, et de répéter chaque fois qu'il m'en tendait une, il est donc bien chanceux celui-là d'être aimé aussi longtemps ! Ce matin-là, comme chaque fois que la Maison froide comptait parmi les destinataires de sa tournée, il avait agité, tout sourire, le bras dehors, une lettre par la vitre de sa portière ouverte. En nage dans ma blouse, je savais qu'elle serait la dernière.

J'ai peut-être le flair des bêtes ou l'esprit tordu des sorcières, ce matin-là, avant même d'avoir porté le fagot pour aller réveiller le feu, je savais. Je savais avant même que le jour se lève – parce que ce matin-là, sans réfléchir, j'avais repris ma blouse à la patère. Je ne la portais plus depuis le mois de décembre, depuis le chignon de Noël, le baume des immortelles et l'écharpe rouge, en quelques semaines elle était sortie de ma vie comme un vieux filet à provisions qu'on suspend et qu'on oublie, avec des pelures d'oignons accrochées aux mailles. Et on les y laisse les pelures, c'est bien égal puisqu'on met au rebut le filet, à cause d'un beau panier rond pour la première récolte des poires jaunes. Puis un jour le poirier attrape la tavelure qui boursoufle les fruits, et par habitude ou petit désespoir, on revient au filet et à ses pelures. Elle m'attendait, la garce, on n'est donc maître de rien, même pas d'une blouse en nylon, et ce matin-là, je l'ai enfilée par cœur, un bras, puis l'autre, dans ses emmanchures étroites, retenant les poignets de mon corsage pour ne pas que ses manches remontent et plissent jusqu'aux coudes, j'ai sauté la première boutonnière orpheline et me suis appliquée à bien serrer le troisième bouton entre mes seins sinon il saute quand je respire fort. Toutes ces semaines sans elle je l'avais oubliée, mais je l'ai reconnue comme ses poches. Je l'ai repassée avec mes paumes comme font les femmes avant d'aller à l'église ou chez le médecin pour être élégantes, mains sur les hanches en rentrant le ventre afin qu'il ne reste aucun pli. Les miennes s'agitent pour enlever la poussière et les brindilles, puis en dernier s'assurent qu'au fond d'une poche il y a toujours un mouchoir propre. Assise au bord du lit, j'ai sorti du tiroir de ma table de chevet mes petits ciseaux et ma vieille manie, je me suis coupé les ongles pour ne pas qu'ils accrochent le nylon – comme ce tissu est moche.

C'était presque le printemps, oui, mais j'ai aussitôt reconnu l'hiver dans mon dos. Pas celui du dehors qui entre par toutes les failles des maisons et fait craquer les murs, je parle de celui du dedans, qui monte le long du dos sous les blouses, qui ressemble à tous les hivers, jusqu'à la nuque et sans amour dedans. J'ai balayé du pied les bouts d'ongles coupés et passé mes doigts sur le nylon pour vérifier qu'aucun n'accroche et par-dessus ma blouse, j'ai endossé ma parka – même allure, mêmes ramages qui s'empêtrent et qui dépassent de vingt centimètres en dessous.

Je ne sais pas si j'ai le flair des bêtes, mais je savais – le fauteuil vide, tourné vers la Géante, la porte de la chambre fermée, et la chaleur nulle part. Je savais avant d'entrer. Je savais que j'hésiterais à toquer à la porte, que je le ferais et que ce silence-là arriverait. Le silence sans une poignée qui s'abaisse, sans la clenche d'un volet. Le jour frapperait à la fenêtre de la cuisine, je poserais mon fagot près de la cheminée et je ne réveillerais pas le feu, les cendres froidiraient et il faudrait du papier journal pour allumer celui d'après.

Ce matin-là au pont du Sémite, j'ai attendu que la fourgonnette du facteur disparaisse dans le premier virage et je me suis assise sur la borne à la sortie du pont. Pour la première fois, je n'attendrais pas le soir pour lire sa lettre, non, et j'ai décacheté l'enveloppe, vite et mal pour la première fois, avec mon gros index.

J'ai peur, bien sûr que j'ai peur, mais avec la peur, on ne fait rien.

Aussi, je la congédie.

Parce que la vie, c'est maintenant.

À tout à l'heure.

Dio Madonna. J'ai couru sur tout le chemin du retour.

Paix à son âme, l'homme de la Maison froide n'était plus.

J'ai arraché une page à mon cahier et je l'ai prévenue : « *Les obsèques se tiendront après le dégel. Chapelle Saint-François. Sincères condoléances.* » Mon nom ne lui dirait rien, je n'ai pas signé. Son adresse, je l'avais sous les yeux, sur l'enveloppe qu'il avait laissée pour elle sur la table, précédée de ses nom de famille et prénom en entier, je n'ai eu qu'à recopier.

Il avait aussi laissé un mot à mon intention, quelques lignes de la même écriture un peu de travers :

Mes jambes ne descendront pas ce jeudi non plus…

Aussi, j'accepte votre proposition : voudrez-vous s'il vous plaît remettre cette lettre au facteur pour qu'il la poste ?

Pour vous, Noële, mes remerciements infinis.

Maxim

P.-S. Le ressac, c'est la mer qui combat, le jour comme la nuit. Du haut de la Géante, peut-être qu'on peut l'entendre.

J'aurais pu rattraper le facteur et pour la première fois inverser les rôles, lui remettre la lettre pour qu'il la poste, ça lui aurait plu au facteur que l'amour, s'il en était dans l'enveloppe, voyage dans l'autre sens, il l'aurait agitée du bout des doigts en souriant, mais il n'avait pas terminé sa tournée et serait arrivé à la poste après la levée du courrier. Si par contre je descendais moi-même, en coupant par les pistes des sangliers plutôt qu'en empruntant les dix épingles, j'arriverais peut-être à temps et la lettre partirait le jour même. Je n'ai pas hésité.

Le vent énervait maintenant la montagne, couchait les herbes autour des petits lacs et les peignait dans l'autre sens. Elle marchait à grandes enjambées, se tordant de temps à autre les chevilles dans le sol mou, un tapis d'herbes encore rases qui bientôt se revigoreraient pour les troupeaux, les bergers se prépareraient bientôt. On dit que plus haut, ils ont gravé leurs noms sur des pierres, des poèmes à la nuit et à leur mère, aux jeunes filles qui sur les places des villages dansaient sans eux pendant qu'assis là, les mains sur les cuisses, ils se racontaient des histoires de Petit Chien et de Grande Ourse, tiraient à la courte-paille pour savoir lequel serait des prochaines noces et comptaient les étoiles pour tromper l'ennui, on dit que sur les roches se lisent la mélancolie de leurs très longs étés et des siècles de solitude. Les ruines d'un vieil enclos à ciel ouvert disaient là leur passage, le repos des brebis, sûrement des agnelages, le répit et le guet, la tranche de grand pain après la traite, elle a enjambé les pierres restées là en cercle et s'est assise au centre, a ôté ses bottines qu'elle a posées sur son sac pour ne pas que le vent l'emporte, depuis qu'on avait quitté le lac il prenait de la force. Les épaules et les poignets souples, elle s'est lentement mise à battre des deux bras bien ensemble, le geste ample, son long manteau ouvert comme une grande et seule aile déployée dans le dos, et elle a tournoyé avec le vent, *Dio Madonna* que de grâce, les yeux fermés offerts au ciel, elle a fait l'oiseau comme fait Rimbaud, elle a fait la toupie au milieu de l'enclos, de plus en plus vite et la vitesse l'a fait rire puis tomber à genoux, et le visage dans les mains, le temps de remettre la Terre dans le bon sens, elle a ouvert grand la bouche aux grosses gouttes

– les nuages ont crevé d'un coup, elle a pleuré avec la pluie.

Qui veut marcher longtemps doit marcher constant, peut-être a-t-elle eu aussi dans sa famille une samaritaine de Tante qui lui a appris bien des phrases et des façons de faire, la caboche a emprunté le sentier juste en face, ses bottines à la main, s'appliquant à ne pas dépasser le tracé qui sous ses pieds ressuscitait de l'hiver – une pancarte fléchée pointait vers le haut. Alourdi par la pluie, son manteau tombait de ses épaules et elle l'a fait glisser, elle l'a abandonné là sans se retourner, comme si chaque pas de l'avant avait pour seul but d'effacer le précédent, comme s'il allait de sa survie de ne pas regarder derrière.

Près du vieil enclos, je me suis glissée sous la roche, une avancée comme une visière de casquette, là où le berger peut veiller sur ses brebis au sec. Au pied du sentier, la pancarte n'indiquait rien d'autre que la direction, le temps et les hivers avaient sans doute effacé la destination, mais plantée là, elle ne pouvait être qu'un présage un peu heureux ? On indique souvent les sommets sur les derniers mètres pour que les hommes, sachant proche le repos, rassemblent leurs dernières forces et ne perdent pas courage. La pluie tombait déjà moins dru, j'y arriverais moi aussi avant la nuit. J'ai pensé aux agneaux blottis sous l'orage, je me suis rabibochée avec ma blouse. La clé de la chapelle avait déchiré sa poche, mais n'avait pas fait le trou assez grand pour me débarrasser de tout mon cauchemar – en coupant par la piste des sangliers, j'étais arrivée juste à temps pour la levée du courrier et elle avait reçu ma lettre dès le lendemain puisqu'elle a débarqué le soir même, mais contre ma cuisse, dans la poche de ma blouse, il me restait celle qu'il avait laissée pour elle sur la table, je ne l'avais pas postée.

C'est peut-être elle, la cabane dont parlent les gens des villages et que les pancartes ne nomment pas. À ce que disent des montagnards, qui transmettent sa position avec beaucoup de précaution, elle est un trésor dont il faut prendre grand soin – quatre murs bas sous un toit de tôle, percés d'une porte basse en sapin sans cadenas. On dit qu'il y a toujours à l'intérieur un peu de bois sec et une boîte d'allumettes dans une boîte en fer. On dit aussi que dans le mur côté nord, il manque une pierre à un mètre du sol, par laquelle j'ai pu un peu la visiter depuis dehors, grâce aux flammes qui dansaient déjà dans le poêle – c'est donc vrai la boîte en fer et les allumettes. Un rondin sert de table. Contre un mur et à même le sol, un matelas. En face, je crois, un petit évier en pierre, et par terre sans doute des mouches mortes, de la poussière de l'été recouverte du froid de l'hiver, la cabane n'avait probablement pas encore été ouverte cette année. Je me suis installée sous le vieil épicéa. Une petite échelle, que j'ai décrochée du mur et posée à plat par terre avec par-dessus une planche oubliée là, me garderait les fesses au sec et retarderait le moment où j'aurai froid. Des tempêtes sans doute avaient bousculé le vieil arbre, mais ça m'arrangeait qu'il penche, les branches du bas me feraient un toit et, le vent redevenu à peu près sage, elles ne s'ébroueraient pas.

Peut-être que la pierre manquait exprès pour que rien n'échappe à cette nuit-là. Assise sur le rondin devant le poêle, elle était là, ses vêtements en bouchon à ses pieds, pelotonnée dans une couverture serrée sur sa poitrine comme une cape, comme on s'apprête pour la veillée, comme on s'en remet à la nuit sans savoir ce qu'on lui dira. Rien jamais n'est insignifiant, le grain de sable a la valeur du diamant, le diamant s'appuie sur le grain de sable. La femme qui monte regardait les flammes comme on baisse les armes et comme on se rend, à la vie et à la mort quand elles nous dépassent, quand leurs seuls noms qu'on chuchote, qu'on se répète, la vie, la mort, nous font lucioles ou cigales, briller ou chanter le temps d'un amour, éteindre la lumière ou descendre de l'arbre quand il prend fin.

Mais *Dio Madonna*, comme l'amour rend joli.

D'un petit coup d'épaules en arrière, elle a soudain donné son congé à la couverture et a sorti une robe de son sac, l'a défroissée en souriant avec le plat de la main. Entre le pouce et l'index par ses bretelles, elle l'a posée devant elle en suspension et a fait un miroir de la porte de la cabane. Alors elle a tourné sur elle-même, par le carré vide où manque la pierre j'ai vu l'amour nu comme un ver, l'étoffe glisser sur ses hanches et descendre le long de ses jambes. Les yeux fermés, elle a épousseté ses cheveux de la montagne et les a disciplinés avec les doigts, elle s'est penchée sur l'évier pour aussitôt se retourner avec du rouge sur les lèvres, comme l'amour rend joli, je n'ai alors plus vu que la robe tourner, les chevilles souples et les pieds nus danser – l'amour ne devrait être un secret pour personne, la femme qui monte l'a confié à la montagne.

Dio Madonna, qu'est-ce que j'ai fait ?

Il ne quittait plus son fauteuil, mais refusait de prévenir qui que ce soit, même le médecin. Je lui apportais à déjeuner et il ne s'y opposait pas, il ne s'opposait d'ailleurs plus à rien, sauf au repas du soir. Il se terrait, ne croisait plus la vie de personne, n'écoutait pas et parlait à peine, je survis comme ça, la montagne me tient compagnie, c'est dommage, je n'ai finalement pas acheté de raquettes et la saison est déjà finie.

Face à la Géante, il gardait un peu l'humour, mais sans le sourire. Lacets rentrés, ses chaussures du Bon Montagnard étaient depuis plusieurs semaines en quarantaine bien que toujours dans les starting-blocks près de la porte, et les orchidées et les cynorhodons appartenaient à une saison bien révolue, il perdait des forces de jour en jour, n'avait pas mis le nez dehors depuis des lustres – enfin c'est ce que je croyais.

Parce que l'homme était habile.

Habile et ordonné, ne laissant traîner aucun indice, habile avec les mots, mais citadin dans les gestes qui, à moi, fille de la montagne, n'ont pas échappé à mon flair des bêtes. L'homme de la ville est habitué au goudron et aux semelles lisses, il ne pense pas à bien taper la pointe de ses chaussures de marche au sol avant d'entrer, et c'est la veille du dernier matin que j'ai compris – sur le carrelage, des petites galettes de terre fraîche ont parlé à sa place et, à regarder mieux, aussi des traces de semelles que quelques jours par-dessus avaient commencé à effacer. J'étais venue plus tôt que de coutume ce matin-là, peut-être n'avait-il pas eu le temps de ranger ses chaussures ou bien il s'était assoupi sitôt assis, toujours est-il qu'elles n'étaient pas dans l'entrée. Humides et délacées, elles séchaient devant le foyer. Au vu de l'humidité de la terre, ça faisait moins d'une heure qu'il était rentré. Il dormait dans son fauteuil, ne m'avait pas entendue entrer et je n'ai rien dit. Je ne savais pas d'où il revenait ni ce qu'il manigançait, mais la trahison par la galette de terre s'est confirmée quelques heures plus tard – par ma fenêtre, avant le signal du petit-duc, je l'ai vu débarrasser sa table de travail et faire ses bagages.

Je ne voulais pas qu'elle vienne.

Je ne voulais pas qu'elle trouve la maison vide.

Il avait refusé de lire ses lettres, le grand cygne et les canards sauvages, il ne l'avait même pas vue à Noël, désolé, ne t'inquiète pas, et il se préparait à disparaître ? Non, l'amour, ça ne peut pas être comme ça. Toutes les lettres m'en avaient suffisamment appris pour ne pas me laisser duper.

Je ne pouvais pas la laisser venir.

Elle m'avait fait connaître l'amour qui fait se tenir debout, qui met du soleil jusque dans les assiettes et fait le monde habitable, et j'allais lui servir celui qui, un beau matin sans prévenir, glisse des promesses sur les tables avant de disparaître ? Non, cet homme ne l'aimait pas, je les connais par cœur les promesses. Comme la poche de ma blouse. Comme l'odeur des cendres froides et des matins sans amour.

Je ne pouvais pas lui offrir des cendres froides.

À personne on n'offre ça.

Et c'est pour ça que j'ai menti.

Le dégel et les hirondelles qu'on attend, ce n'est pas vrai.

On n'empile pas les morts comme des bottes de paille ni dans un fenil ni dans une chapelle, c'est fini ce temps-là et on n'est pas en Haute-Savoie. De toute façon la terre avait dégelé, ce n'est plus comme avant, les saints de glace, la dernière fois, c'était il y a huit ans, les frimas un treize mai, cet été-là on n'avait pas mangé de fraises. L'hiver fiche le camp et fait mentir les saints, aujourd'hui plus un seul ne tient parole.

Non, ce n'était pas vrai, la terre gelée. Les nivéoles avaient percé la neige depuis un bout de temps et la neige avait fondu à leurs pieds, les herbes s'étaient redressées et les tendres avaient commencé à pousser, j'ai exagéré, j'ai menti dans la lettre, la lumière du soir commençait à dorer et le jour même où je l'ai postée, j'ai entendu les chevreuils aboyer, mais je ne voulais pas qu'elle vienne, je croyais que l'histoire du dégel, ça l'empêcherait.

Bien sûr que c'est vrai, saint François et au solstice le soleil en plein cœur, la toiture percée et les flaques en hiver. C'est vrai, la chapelle fermée, puisque c'est moi qui avais la clé.

Tout le reste est vrai, et Rimbaud, le petit-duc, et l'or des fous.

Rien de plus vrai que ses lettres.

Que le nylon de ma blouse et la misère en dessous.

Dio Madonna, et la nuit qui m'entend.

Dans la vallée, après lui avoir posté ma lettre et avant de remonter la route des dix épingles, j'ai poussé pour la première fois la porte d'un café. J'ai laissé le comptoir aux hommes et pris place près de la vitre sur une banquette. Un verre de génépi, s'il vous plaît. Puis un deuxième. Je les ai bus cul sec.

La Maison froide serait vide.

Les retrouvailles ne seraient pas.

En une seconde, le monde s'écroule quand l'amour s'en va – *qui me donnera de tes nouvelles à part toi ?* Je l'ai fait. L'homme faisait ses bagages, mais je ne voulais pas que l'amour s'en aille.

Dire qu'il était mort, c'était garder l'amour vivant.

Le soir même de son départ, j'ai ouvert le tiroir du grand buffet et j'ai pris toutes les lettres. L'une après l'autre je les ai sorties de leur enveloppe, l'une après l'autre je les ai récitées à la nuit – encore elle, qui décidément sait bien des choses. Dès lors que les mots sont dictés par l'amour, on ne les oublie pas et j'en ai aujourd'hui plus qu'il ne m'en faut pour aller au bout de ma vie, la nuit m'a confirmé ce soir-là que je les connaissais suffisamment pour ne pas en faire des reliques. Avant le matin, je suis retournée dans la maison vide et dans le foyer j'ai brûlé toutes les lettres, les mots sans bruit que j'avais gardés pour les apprendre, les désirs à pas de loup, les craintes et les colères – avec la balayette j'ai poussé toutes les cendres dans la pelle et j'ai dispersé l'amour dans le jardin. J'ai aimé l'amour moi qui n'en connais rien, j'ai aimé l'amour avec tout dedans. Je l'avais sauvé des retours à l'envoyeur, du vide et du fond des gorges, et je l'ai fait disparaître. Comme une voleuse j'ai effacé les preuves. Pourtant, pourtant je ne volais rien à personne. De la douceur sous enveloppe que la vie a omis de mettre sur mon chemin, mais dont le souvenir réveillera les feux de tous mes hivers, j'aurais voulu le dire à cet homme avant qu'il ne parte, que l'amour est capable de ça, qu'il a la force de chasser novembre pour recevoir juillet – est-ce qu'on peut tourner le dos à l'amour et disparaître ? J'ai brûlé toutes les lettres cette nuit-là, et j'ai malgré tout sauvé la sienne.

Il a recommencé à pleuvoir, je frissonnais et ne tiendrais pas davantage dans le froid. J'ai poussé la porte de la cabane en la maintenant fort par la tranche pour ne pas qu'elle branle, l'ai vite refermée et me suis ramassée contre elle, comme un chien battu se couche là où on l'oubliera, respire sans bruit et ne bouge plus. Je ne voulais pas la réveiller, pas l'effrayer, son souffle régulier m'a rassurée. Une flammèche du poêle m'a fait deviner le long du mur une peau de brebis que j'ai tirée à moi, enfin la Madone faisait un geste, mais je me suis endormie sans une prière. Deux ou trois demi-heures plus tard, je me suis réveillée en miettes, les os du dos comme du bois sec et un genou de la taille de deux. Sur la tôle la pluie ne tombait plus du ciel mais des branches de l'épicéa que le vent faisait chuter par paquets comme des gifles, puis s'excuser comme des pointes de pied. Entre les gouttes, j'ai prêté l'oreille, elle dormait toujours et le jour aussi sans doute. La cabane sentait la nuit, le silence des pierres et les cendres tièdes, l'amour qui fait deux pas de danse et les secrets à la montagne. Tout prend l'odeur de la nuit, même ma blouse ne sentait pas pareil.

Les braises du poêle ne suffisaient pas à percer la pénombre, et de ma poche j'ai sorti ma boîte d'allumettes. J'ai craint que le frottement ou l'odeur du soufre la réveille, elle n'a pas bougé. La cabane était propre et bien rangée, sans doute régulièrement balayée. Pas même de mouches et de papillons morts. C'est bien un petit évier en pierre que j'avais deviné depuis dehors, un seau dessous, dessus une tasse à l'envers et les trois pièces d'une cafetière italienne – c'est dans l'inox de la cafetière qu'elle s'était regardée pour mettre du rouge à ses lèvres, le bâton était posé là, resté ouvert. À tâtons, j'ai remis à sa place la peau de brebis et, agenouillée pour y voir de plus près, j'ai frotté une deuxième allumette, près du mur où manque la pierre, là où de dehors je ne pouvais pas voir ce qui reposait dessous, là où la pénombre semblait vouloir me montrer quelque chose.

Saint François peut être reconnaissant aux vivants des fleurs qu'ils lui offrent et de leurs remerciements en dizaines de chapelet depuis des siècles, mais à celui-là, le plus vivant d'entre les vivants qui ici avait dressé si beau sanctuaire, il pourrait vouer toute sa fierté et lui donner la voix pour en faire son chantre – devant moi, un tapis sur lequel jamais personne n'oserait poser un pied. Dans l'angle du mur, bien rangés, bien en lignes, des petits cailloux lisses et brillants, bien serrés sur plusieurs étages, étaient empilés avec adresse. Quiconque trouverait ces petits cailloux dans une rivière les prendrait sans doute pour de l'or et peut-être les volerait. Mais ceux-là sont honnêtes : ils sont les cadeaux de la

Bendola au poète. Et pour ces cadeaux-là, le poète se moque bien d'être traité de fou, et qu'on ne l'accuse jamais de bandit car s'il les met dans son sac, il ne les garde pas pour lui. Le bois sec, la couverture en laine. J'ai tout de suite su qui était le gardien des lieux, qui veillait à ce qu'on puisse ici avoir un peu chaud, qui que l'on soit et d'où que l'on vienne, de n'importe quel côté des frontières, des siècles d'avant ou d'hier. Rimbaud ici prend soin du repos des âmes auxquelles il offre le contenu de son petit sac en corde avant de redescendre après l'aube, et entre l'ourlet du tapis doré et le bas du mur, j'ai découvert son trésor : les années l'avaient ternie, mais à la flamme d'une nouvelle allumette, j'ai deviné au pied d'une maison blanche, un arbre et une jeune femme assise dessous à l'ombre. Enfoncés dans les interstices entre les pierres du mur, des petits ors des fous faisaient un cadre à la photo, celle-là qui avait disparu et dont j'avais pensé la fin dans les flammes un jour de fatigue ou de grand ménage de la Tante, mais en même temps qu'elle avait donné à Rimbaud la nuit en héritage, peut-être lui avait-elle aussi légué la photo, à moins que lui-même l'ait sauvée du feu juste à temps, comme on sauve l'amour pour ne pas dépérir.

Par le trou dans le mur, la nuit a soufflé mon allumette et j'ai couché ma joue sur la peau de brebis – j'ai entendu l'arbre bruisser, et senti quelque chose du sucre et du lait tiède que le soleil réveille. C'est avant celui trop chaud de midi qu'on étend les draps sur les terrasses, on cueille aussi à pleines mains les pétales des roses de mai qui parfumeront l'eau du bain et du haut du petit escabeau on les fait pleuvoir dans la panière vidée du linge. Quand le vent parfois se lève et fait s'envoler les pétales, on s'accroupit pour les rattraper, on sautille en poussant des petits cris, parfois on s'écorche les genoux et on pleure, mais quand les pétales roulent jusqu'à l'ombre du grand arbre, une figue mûre fait bien vite oublier la petite blessure – j'ai moins de sept ans, ma mère appelle au bain, les feuilles du figuier ont cinq doigts comme ma main mais plus grands que les miens, qui se frottent comme un chat contre le mur de la maison blanche, même leur ombre sent le sucre et le lait tiède. À genoux sur une peau de brebis, j'ai entendu l'amour murmurer dans les pierres.

J'aurais voulu dire à l'homme avant qu'il ne parte que la douceur est pour tout le monde.

On dirait que la nuit elle-même a enlevé la pierre du mur pour que le jour prenne sa place. Elle s'était endormie sur le côté, la tête sur un bras, et dans son poing que le sommeil avait entrouvert un petit or des fous – celui bien sûr que Rimbaud lui avait offert au cimetière. Comme sa robe était belle, en pointe jusque dans le creux de son dos, la couverture avait glissé du matelas.

Pour elle, depuis le matin de Noël, j'ai porté l'écharpe rouge pour aller au pont du Sémite, nulle part ailleurs et chaque matin sans jamais faillir – un peu de douceur que je lui offrais en secret, en échange et en remerciement de ses lettres, et un peu de lui autour de mon cou. Le sommeil repose le chagrin, j'ai regardé longtemps son visage endormi. De mon cou j'ai fait glisser l'écharpe et je l'ai posée sur ses épaules.

On dit que les oiseaux chantent juste avant que les étoiles disparaissent et ils ont chanté à tue-tête. Au pied de la cabane, la terre était sombre, presque noire, et tout autour les montagnes comme des ourses endormies. À quelques mètres devant, je suis allée m'asseoir sur une roche plate comme une grande table, j'ai fermé les yeux et écouté les oiseaux dans le matin bleu, ce bleu-là qui peut-être teinte les cotonnades.

Jamais je n'étais montée aussi haut, jamais au-delà des lauriers de Saint-Antoine ni jusqu'aux poèmes des bergers. De la Géante, je connais les fougères à moustache, les fausses gentianes et les bourraches, au ras du sol les laitues sauvages, quelques-unes de ses bêtes, ses calades et beaucoup de ses caillasses, mais rien au-delà de l'orée du Bois noir. Jamais je n'étais montée à son sommet.

La Géante, personne ne la connaît.

Jamais son nom sur une carte, pas une seule pancarte.

Il n'y a que moi qui l'appelle comme ça.

Depuis l'enterrement de notre mère, *Dio*

Madonna, j'avais sept ans.

Au cimetière, je n'avais pas pleuré, pas récité de prière, pas pris la main de mon père. Les poings serrés, j'avais levé la tête et mis mes yeux dans ceux de la montagne.

Je lui avais dit, toi, tu t'appelleras, la Géante.

Parce qu'il fallait que j'achète son silence.

La veille, ma toute première fois à la Pierre debout, quand la Tante m'avait envoyée chercher le petit bois qui réchaufferait ma mère, « *sbrigati, sbrigati*, dépêche-toi », le soleil se levait et mettait le feu au ciel, tout au fond, à des jours ou à des semaines, mes pieds ne savaient pas compter le temps et les kilomètres, très loin au-delà des montagnes le soleil se levait, là d'où on venait. Ce matin-là, alors que la Tante attendait le petit bois pour le poêle, « *sbrigati*, dépêche-toi », quand j'avais pris un peu de temps pour parler au soleil, deux minutes pas plus, le temps de lui faire promettre d'être toujours là et de lui promettre que je reviendrais, courir sur tout le chemin du retour n'avait pas suffi et ma mère s'était éteinte avant que j'arrive. J'avais sept ans, le soleil était le diable en personne. Au cimetière, j'ai craché par terre et j'ai fait un serment – plus jamais je ne regarderai le ciel.

On s'habitue à tout et on rend possible l'impensable. Pour savoir si le ciel est clair ou chargé, il suffit de regarder les montagnes et l'ombre des nuages sur leurs versants. En été, les hirondelles préviennent de l'orage quand elles rasent la terre, et en hiver la fumée des cheminées indique d'où vient le vent. Quand il n'y a pas de vent, on sait que le temps reste là où il est.

Mon père est parti, puis la Tante est devenue sourde et je n'ai dit mon serment à personne. Pas même à Rimbaud. Seule la Géante le connaît. Elle sait que ma mère est morte dans le froid à cause d'une promesse au soleil, et pour ça, et pour qu'elle se taise, j'ai fait d'elle la plus grande – j'ai élevé la Géante à une altitude que mes sept ans ne pourraient jamais atteindre. Toute ma vie j'ai marché dans son ombre et au soleil j'ai laissé Fontanalbe. Trop haut pour moi, Fontanalbe, trop près du ciel. Le bâton que la Tante me tendait pour y monter chaque été, je le mettais sous mon lit et j'allais pleurer dans les oreilles d'ours en cachette jusqu'au soir. À Fontanalbe, les montagnes s'écartent pour faire une vasque au point du jour – la Fontaine de l'aube, dit en français la pancarte devant la cabane. Je ne l'avais pas vue en arrivant dans le soir, je n'avais pas deviné la Géante. C'est dans le matin bleu que j'ai compris que j'étais assise au sommet.

Les oiseaux se taisent quand le soleil se lève. Et sur ma roche plate comme une grande table, j'ai entendu monter de très loin les coups dans ma poitrine, soudain j'ai senti l'automne et le cèpe, les sorciers, les sauvages avec des torches revenaient en force brûler le matin – je ne brûlerai pas avec, j'ai serré les poings. Devant moi, les versants étaient sombres sous le levant, quand les autres, dans mon dos, prenaient feu, presque rouges, je les sentais, déjà dorés, ils scintillaient, déjà jaunes tant le soleil se hâte à monter.

Je me suis retournée, j'ai levé les yeux sur les crêtes, sur les cimes des épineux qui leur font une couronne en dentelle. Au-dessus de la dentelle, j'ai gardé les yeux grands ouverts dans le bleu.

J'ai respiré le fond du ciel.

Alors j'ai senti les roses de mai dans les panières, là où les figues mûres guérissent les genoux qui saignent, j'ai entendu la joie du bain, les éclaboussures, le chant doux de ma mère qui savonne. Mon prénom est resté là-bas, mais je le sais entre des draps secs bien pliés dans l'armoire qui sent le linge propre. Je le sais là-bas, près du figuier, c'est lui qui sent le sucre et le lait tiède, près de la maison blanche, avec le soleil de l'autre côté de la mer. C'est au fond, tout au fond du ciel qu'on l'aperçoit – là-bas, c'est sur la mer que le soleil se lève, là-bas, on n'est pas sur la Terre dans le même sens.

Après la pluie de la nuit, la montagne respire et les nuages se promènent. Les plus gros se retirent, des petits restent, parfois couronnent les mélèzes, s'accrochent à une branche ou ne s'accrochent à rien, je les ai suivis dans le bleu du ciel et j'ai entendu tout proche le tintinnabule des fines eaux du printemps, qui rejoignent plus bas les mousses à longs cheveux des ruisseaux, qui dévalent et font rouler les cailloux, les petits ors des fous et les gros graviers qui font barrière dans la gorge aux vérités les plus lointaines. Bientôt les troupeaux passeront par ici, les vaches par le col de Perafique, à Casterino on entendra les cloches. Les bouquetins sont déjà montés, ce qui veut dire qu'il n'y a plus de neige. Le soleil est déjà chaud, et je laisse ici ma blouse que je reprendrai tout à l'heure en redescendant au village, j'en ferai des guenilles et garderai le tissu pour confectionner des petits sachets pour mes herbes, le grand Joseph sera content, c'est la saison de la marjolaine, je ferai ça le soir, en écoutant la radio, je tournerai le bouton pour savoir ce que dit le monde sur toutes les fréquences. Pour l'heure, je vais aller chercher les immortelles bleues. Ces fleurs-là n'aiment pas l'herbe et poussent sur les rochers les plus près du ciel, le sentier vers eux monte un peu raide et je n'ai pas l'agilité des bouquetins, mais il ne fait que quelques dizaines de mètres et je ne crains rien, parce que je ne monte pas seule.

Dans la cabane, c'est lui que j'ai vu en premier malgré la pénombre – en bois de cerisier, parce que le feuillu est le plus facile à tailler, et ramassé par terre car « jamais tu ne dois amputer un arbre, souviens-toi, jamais tu ne dois déranger la montagne ». Du cerisier sans un trou qui dirait un insecte au travail et fragiliserait le bois, sans un reste d'écorce et sans écharde. Le bois nu a été poncé et teinté au brou de noix, il a séché sous le chêne de la Pierre debout, lentement à l'ombre ou bien la chaleur l'aurait rendu cassant. Le bâton de marche était là suspendu à un crochet derrière la porte. Je l'ai senti dans mon dos et reconnu sous mes doigts par sa marque de fabrique, le *M* de la Madone que la Tante avait gravé au couteau tout en haut – le *M* de la Madone, que l'homme avait pris soin de ne pas cacher en taillant, juste au-dessous, l'encoche pour fixer le cuir de la dragonne.

Avant de quitter la cabane, j'avais fouillé les cendres, il ne restait plus de braises. Seulement quelques bois secs sous le poêle, mais pas de journal – pour seul papier, la lettre dans ma poche. Les premiers oiseaux effaçaient la nuit, j'ai longtemps caressé la peau de la brebis et regardé la femme qui dort. Est-il des lettres qui ne se jettent pas aux flammes, parce qu'elles brisent le silence et disent autre chose que des promesses ?

J'ai mis ma boîte d'allumettes dans la boîte en fer.

Et sur le matelas, à côté de sa joue, j'ai posé la lettre.

Le temps de revêtir des habits à peine secs, de replier une couverture en quatre et de déposer un petit caillou en or sur un tapis, le temps de pleurer des larmes chaudes ou de rire tellement avec la montagne, elle sera probablement arrivée après lui, le corps vide d'un cauchemar laissé dans une cabane, le dos un peu reposé des coups de pioche par les quelques heures d'un voyage en train. Elle sera arrivée une lettre à la main pour bagage, repliée bien serrée, caressée, lue et relue et sue par cœur, ou peut-être jetée en bouchon au fond d'un sac en plastique vide. Peut-être sans lettre, parce qu'elle l'aura donnée aux cendres d'un poêle – je ne sais pas, je ne suis pas retournée dans la cabane.

Le bâton rendu, lui était descendu par l'autre versant quelques jours avant et avait rejoint directement la gare sans revenir à la Maison froide, il avait demandé au chauffeur de taxi de lui apporter là ses bagages. Il aura regagné Paris, les roulettes de sa valise sans encombre sur le bitume et dans ses chaussures du Bon Montagnard, mais sans dragonne au poignet et avec, sous les semelles, un traité de paix – la terre de la Géante aura signé, je l'espère, la fin d'une guerre sur les trottoirs de la capitale.

C'est bien de la Géante qu'à l'aube il rapportait des galettes de terre, les cernes et l'épuisement. Ses forces, le crabe les lui volait, et il allait au bout de celles qu'il lui restait : derrière ses volets fermés, à lire entre les mouches, à écrire des journées et des nuits entières pour envoyer ses articles en avance et être ainsi libéré pour s'entraîner à monter la Géante le soir, depuis la fonte des neiges et le début du printemps. Monter, c'était combattre. Et atteindre le sommet, c'était gagner la guerre. C'était régler son compte à la bête, s'enfoncer profond dans le silence comme seule fait silence la montagne, et dans le secret, qu'il partageait avec Rimbaud : Rimbaud qui ouvre le chemin dans la nuit pour apprendre aux yeux qui peut-être un jour n'y verraient plus. Rimbaud qui écoute, qui sent et qui touche, qui claque la langue comme claquent les sabots des mulets sur les calades, qui froisse les feuilles des eucalyptus pour que leur parfum confirme le bon chemin, Rimbaud qui tend l'oreille aux ruisseaux, qui écoute crisser les pierriers et accroche des clochettes aux sorbiers, qui en haut d'une échelle tend la main pour la dernière marche avant le lac, puis prépare le feu du réconfort à Fontanalbe – Rimbaud qui compte sur les doigts jusqu'à sept.

Là-haut, le guerrier lâche alors son bâton. Une cabane offre un peu de paix, et la nuit, du repos en prenant des tourments sous son aile. On ne pense pas pareil dans la nuit, on pense plus calme ou on pense plus fort. Tout fait peur ou enveloppe, tout fait sens ou se délite, la vérité souvent surgit, mais le jour ne promet rien.

Alors on regarde le feu s'éteindre, le désir en veille et peut-être sa fin, ou bien on tisonne les braises, on souffle fort pour qu'elles s'enflamment, pour peut-être la peau douce des retrouvailles, pour les bras ouverts et le rire au galop – je ne sais pas ce que fait faire l'amour, ce qu'il sème dans le cœur des hommes, de craintes, de renoncements, de lâchetés ou de comètes, combien il met les têtes à l'envers, dedans des petites poussières, des chemins en miettes ou des grands soleils, comment depuis des millénaires il fait tourner les peaux de bêtes et les robes, brode et repasse, effiloche ou ravive les dentelles. Et c'est beaucoup, beaucoup pour un seul mot.

C'est le temps des lucioles, et chaque soir, le petit-duc appelle. Parfois je sais quand Rimbaud arrive à Fontanalbe, selon d'où vient le vent, depuis le seuil j'entends tinter le sorbier. J'y monte désormais souvent, le matin quand lui redescend, au lac il m'attend pour me tendre la main. Là-haut, le ciel va si loin, depuis le plus haut rocher je vais écouter la mer. Avec ses yeux de novembre, l'homme avait vu juste, qui savait orthographier mon prénom et nommer la Géante, entendait ce que je lui disais quand bien même il s'en allait ou s'endormait – l'homme avait raison, à son sommet, on entend le ressac à simplement regarder la mer.

Quelle que soit l'heure de la journée, je n'ai finalement jamais croisé un bouquetin. Le pharmacien de la vallée m'a confirmé que l'immortelle bleue n'existe dans aucun de ses livres de botanique, même les plus anciens. C'est une variété qui fait lever la tête, lui ai-je répondu – entre la Tante et la Géante il n'y avait sans doute guère de secrets. Les immortelles jaunes en revanche sont cet été très nombreuses et j'en cueille tous les jours en prévision des baumes que je mettrai en pot pendant l'hiver ; chaque soir désormais, je m'enduis les mains. Avant, je prends le temps d'une longue toilette – il n'y a jamais eu de pomme de douche à notre petite baignoire ni même un unique robinet qui mélange l'eau chaude et l'eau froide, mais assise sur le siège du sabot, je fais couler l'une et l'autre dans le petit seau que je vide sur mes cheveux et mes épaules, autant de fois que nécessaire pour qu'il ne reste aucun petit gravier à crisser sur l'émail. Alors, comme toujours, j'enfile ma flanelle. Hier, je l'ai coupée pour supprimer la tache brune du tison et lui ai cousu un ourlet au-dessus du genou. Assise sur la marche du seuil, j'ai senti le vent sur mes jambes, j'ai respiré longtemps le serpolet. Le soleil est tombé derrière la Géante, elle est devenue noire comme le charbon. Pour dormir, j'ai laissé la fenêtre ouverte, et ma flanelle jusqu'au quatrième bouton.

la collection de poche des éditions Zulma

CHANTAL CREUSOT

Mai en automne

Roman

Au gré des folies de l'adolescence, du jeu sans fin des fiançailles et des adultères, des petits et grands désastres du mariage bourgeois, s'entrelacent les destins heureux ou tragiques des femmes qui habitent ce roman gigogne, construit par bonds et retours fulgurants comme pour tout saisir de l'appel désespéré du désir, tandis que le bonheur se dérobe comme un rêve d'enfance.

Tout commence avec l'innocente Marie Granville, servante d'une riche ferme du Cotentin pendant et après la Seconde Guerre mondiale. L'admirable portrait de cette ingénue ouvre le bal d'une grande fresque captivante et sensible.

« Un roman magnifique. »

Sylvie Testud, *Le Monde des Livres*

HUBERT HADDAD

Mā

Roman

« La marche à pied mène au paradis. » Ainsi s'ouvre *Mā*, roman japonais, à la croisée de deux destins et autour d'une même quête, la voie du détachement.

Shōichi porte en lui le souvenir de Saori, la seule femme qu'il ait aimée, une universitaire qui a consacré sa vie à Santōka, le dernier grand haïkiste. Leur passion aussi incandescente que brève initie le départ de Shōichi sur les pas de Santōka et de l'immense Bashō. Marcher, c'est échapper au ressassement, aux amours perdues, c'est vivre pleinement l'instant…

« Tout en lyrisme contenu, semé de haïkus, petits cailloux lumineux sur le chemin du héros, ce récit aux accents mythiques est une ode à la beauté du monde dont le flâneur inspiré découvre les jardins inviolés. »

L'Obs

JACQUES ROUMAIN

Gouverneurs de la rosée

Roman

« Tout le monde a été touché par les amours de Manuel et d'Annaïse. Aux citadins haïtiens et aux lecteurs étrangers, le roman a révélé la vie paysanne, qu'ils ignoraient autant les uns que les autres. Les évocations du paysage haïtien ont enchanté ; la vieille Délira a éveillé la compassion ; les ronchonnements de Bienaimé ont amusé ; les trouvailles linguistiques de Roumain ont suscité l'admiration. On pourrait presque dire que la critique a été unanime, d'un côté comme de l'autre de l'Atlantique, à élever *Gouverneurs de la rosée* au rang de chef-d'œuvre. »

Léon-François Hoffmann

« *Gouverneurs de la rosée* est le plus roman d'amour que j'ai lu. On n'a qu'à l'ouvrir pour se retrouver immédiatement happé dans le cercle de feu qui entoure Annaïse et Manuel. »

Dany Laferrière

Ce volume contient également :
Jacques Roumain vivant
par Jacques Stephen Alexis

MARIE VIEUX-CHAUVET

Amour, colère et folie

Roman

Comme une revanche sur le désir et sur la vie, Claire, l'aînée des sœurs Clamont, orchestre en sourdine une tragédie qui se joue entre elle et ses sœurs – l'une trop belle, l'autre trop naïve – pour l'amour du même homme. « Traitez-moi d'impudique, d'immorale. Assaisonnez-moi d'épithètes injurieuses si cela peut vous soulager, mais vous ne m'intimiderez plus. » Voici donné le ton. Brûlant, âpre, acéré. Tandis que dehors, partout dans la ville, gronde la fureur d'une dictature sans merci...

Publié pour la première fois en 1968, aussitôt interdit, *Amour, colère et folie* est incontestablement le chef-d'œuvre de Marie Vieux-Chauvet, une critique cinglante du régime haïtien qui aura condamné son auteure à l'exil.

« La voix claire et pure d'une romancière lucide et indomptable. » Dany Laferrière

« Un roman puissant. » *Transfuge*

« Ce livre est un miracle. » *France Inter*

ZOYÂ PIRZÂD

Le Goût âpre des kakis

Nouvelles traduites du persan (Iran)
par Christophe Balaÿ

Un bassin, des massifs de roses et un plaqueminier donnent de quoi s'occuper au jardinier d'une vieille dame qui, depuis la mort de son mari, se sent très seule et en danger dans sa grande maison au cœur de la ville. Les fleurs donnent des fruits, les kakis mûrissent et elle ne se prive pas d'en offrir, notamment à son locataire.

Des liens subtils se tissent entre eux, que vient troubler l'apparition d'une fiancée…

Dans *Le Goût âpre des kakis*, Zoyâ Pirzâd explore avec lucidité, tendresse et une certaine nostalgie, la vie de couple en Iran. Une quête passionnante et universelle.

« Une simplicité, une pureté, une sincérité qui subjuguent. » *Le Point*

BERGSVEINN BIRGISSON

La Lettre à Helga

Roman traduit de l'islandais
par Catherine Eyjólfsson

« C'est au printemps, à la première sortie des agneaux de la bergerie, que j'éprouvais avec le plus d'insistance le désir de te voir ravaler ton orgueil et venir me rejoindre. Et chaque fois que les fleurs de pissenlits s'étalaient dans les prés, des flammes jaunes s'allumaient aussi en un autre endroit… »

Bjarni Gíslason, en homme simple, taillé dans la lave mais pétri de poésie, se décide enfin à répondre à sa chère Helga, sa voisine de la ferme d'à côté, la seule femme qu'il aima, aussi brièvement qu'ardemment…

« Un roman lyrique et puissant comme la beauté d'un fjord au petit matin. »

Marie France

« Un monologue superbe, aux parfums de vent et de terre. »

Le Monde des Livres

SHIH-LI KOW

La Somme de nos folies

Roman traduit de l'anglais (Malaisie)
par Frédéric Grellier

Cette année-là, entre un déluge et une éclipse solaire, l'impétueuse Beevi hérite d'une grande demeure et adopte Mary Anne, débarquée sans crier gare de son orphelinat. Aidée de l'extravagante Miss Boonsidik, Beevi reconvertit la bâtisse – quatre tourelles, dix toilettes, des bibelots à foison et un jardin extraordinaire – en *bed & breakfast* pour touristes égarés…

Une chronique absolument tendre, libre, drôle et incisive, d'un petit monde quelque part en Malaisie, aujourd'hui.

« À consommer sans modération. » *Télérama*

PRIX DU PREMIER ROMAN ÉTRANGER

Couverture créée par David Pearson ¶ Texte composé et mis en page par les Ateliers Graphiques de l'Ardoisière à Bègles ¶ Reproduit et achevé d'imprimer en mai 2022 par Normandie Roto Impression s.a.s. à Lonrai pour le compte des éditions Zulma à Veules-les-Roses ¶ ISBN : 979-10-387-0099-4 ¶ ISSN : 2267-1803 ¶ Dépôt légal : juin 2022 ¶ N° d'imprimeur : 2202555 ¶ Imprimé en France ¶